KB026019

DREAMBOOKS

DREAMBOOKS★

DREAMBOOKS★

DREAMBOOKS★

정령의 펜던트

ORIENTAL FANTASY STORY & ADVENTURE

발렌 판타지 장편소설

dream books
드림북스

정령의 펜던트 1 캐링스턴 아카데미

초판 1쇄 인쇄 2019년 11월 15일
초판 1쇄 발행 2019년 12월 12일

지은이 발렌
발행인 오영배
편집 편집부
일러스트 보살
표지 · 본문 디자인 오정인
제작 조하늬

펴낸 곳 (주)삼양출판사 · 드림북스
주소 서울시 강북구 도봉로 173
대표 전화 02-980-2112 **팩스** 02-983-0660
편집부 전화 02-987-9393 **팩스** 02-980-2115
블로그 blog.naver.com/dreambookss
출판등록 1999년 3월 11일 제9-00046호

ⓒ 발렌, 2019

ISBN 979-11-283-9514-7 (04810) / 979-11-283-9513-0 (세트)

+ (주)삼양출판사 · 드림북스의 서면 허락 없이는 어떠한 형태나 수단으로도 이 책의 내용을 이용하지 못합니다.
+ 지은이와 협의하에 인지는 생략합니다. 잘못된 책은 구입한 곳에서 바꾸어 드립니다.
+ 이 도서의 국립중앙도서관 출판시도서목록(CIP)은 서지정보유통지원시스템홈페이지(http://seoji.nl.go.kr)와 국가자료종합목록 구축시스템(http://kolis-net.nl.go.kr)에서 이용하실 수 있습니다. (CIP제어번호 : CIP2019045766)

드림북스는 (주)삼양출판사의 판타지 · 무협 문학 브랜드입니다.

1
발렌 판타지 장편소설
ORIENTAL FANTASY STORY & ADVENTURE
◆ 캐링스턴 아카데미 ◆
정령의 펜던트
dream books
드림북스

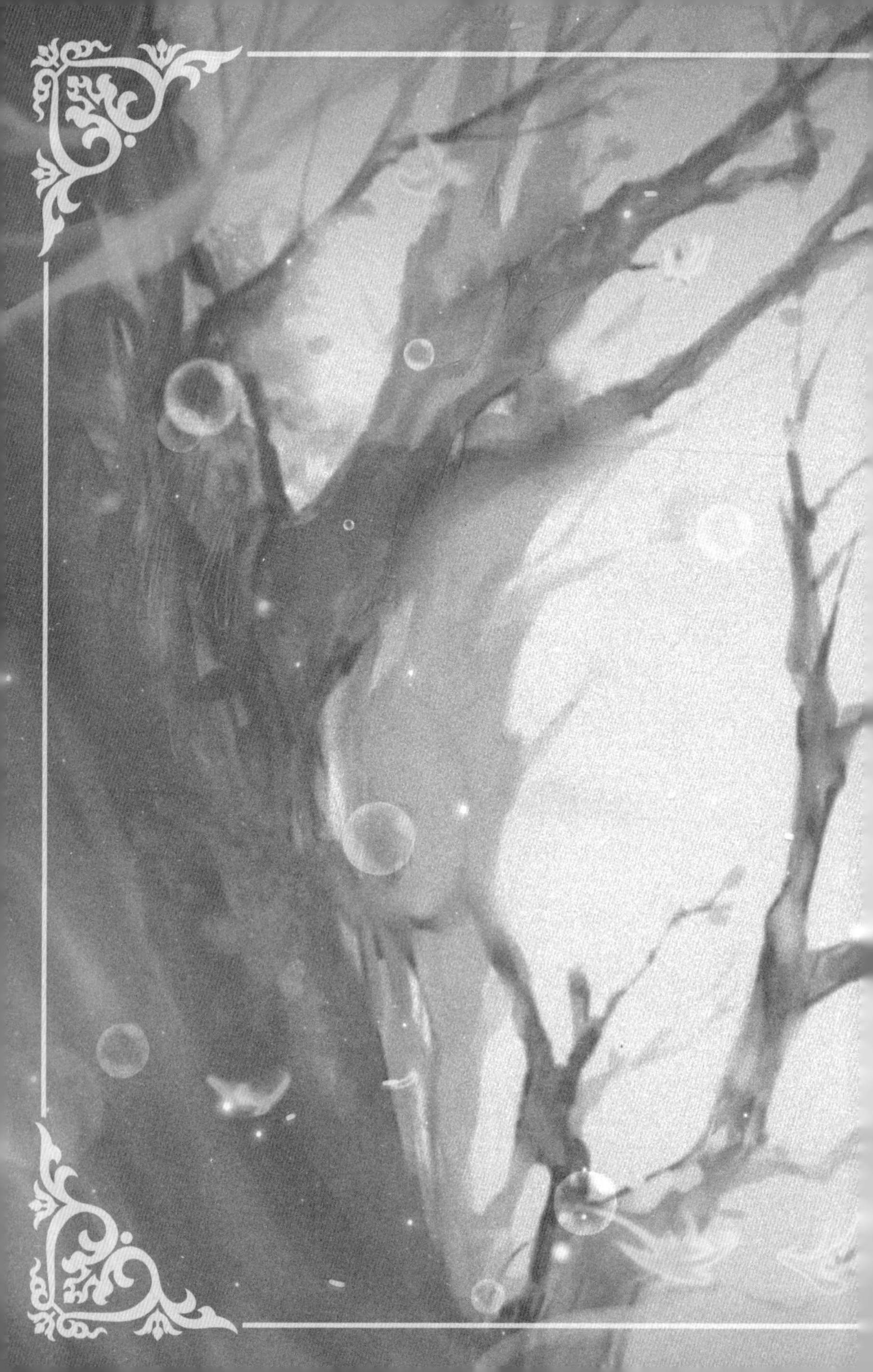

목차

Prologue

1.

콰콰쾅!

번개가 내리쳤다. 대낮임에도 불구하고 시꺼멓던 하늘에 빛이 번쩍하자 물에 잠긴 해밀턴시가 잠시나마 모습을 드러냈다.

"컹컹! 컹컹컹컹!"

번갯불에 놀란 듯 발밑에 얌전히 누워 있던 재스퍼가 벌떡 일어나더니 창문을 향해 미친 듯이 짖었다. 폭우에 가려져 소리가 그리 크게 들리진 않았지만, 바율은 지금 혼자 있는 것이 아니었다.

"재스퍼, 쉿!"

"컹컹컹!"

"사제님도 계시는데 조용해야지. 방해하면 못써!"

"컹! 컹!"

"계속 그러면 밖으로 내보낼 거야. 나가고 싶어?"

바율은 현재 중요한 일을 앞두고 있었다. 그것은 고도의 집중력을 요하는 일이었고 특히나 실수가 있어선 안 되었다. 평소와 달리 바율이 단호하게 명령했다.

"이리 와, 어서!"

결국 바율의 엄한 음성에 낑낑거리며 뒷걸음치던 재스퍼가 꼬리를 내리며 다가왔다. 불안한 듯 눈동자가 계속 흔들리긴 했지만 곧 얌전히 몸을 뉘었다.

"그래, 잘했어."

바율은 칭찬하며 녀석의 갈색 털을 부드럽게 쓸어 주었다.

"재스퍼가 오늘따라 유난히 짖는 것 같습니다. 혹 성내에 무슨 문제라도 생겼습니까?"

성수를 꺼내 의식을 준비하던 후안 사제가 이상했는지 재스퍼를 흘깃거리며 물었다.

"아닙니다. 비 때문이지요, 뭐."

"저런, 녀석이 비를 싫어하는가 보군요."

"그렇다기보다 답답해서 그렇지요. 너무 오랫동안 내리고 있으니까요."

열흘이 넘도록 쏟아지는 비 때문에 재스퍼는 물론 바율 또한 방 안에 갇혀 지루한 시간을 보내는 중이었다. 그리 활동적인 성격이 아닌 그가 갑갑함을 느낄 정도이니 녀석은 오죽할까.

가드견의 특성상 실내 생활에 익숙하다고는 하지만, 녀석은 원래가 사냥개로 바깥 활동에 특화된 종이였다. 하루에 한 번은 꼭 산책하러 나가야 하는 녀석을 위해서라도 바율은 이 비가 빨리 멈추기를 바랐다.

"안 그래도 신전에서도 걱정이 큽니다. 이런 비는 해밀턴에서 나고 자란 주교님께서도 처음이라며 놀라시더군요. 가뭄으로 고생했던 게 불과 몇 달 전인데, 언제쯤 그치려는지……."

"수해 지역이 몇 군데 있다고 들었습니다. 그곳 사람들은 모두 무사한가요?"

"듣지 못하셨습니까? 공작 전하의 명으로 저지대의 시민들은 일찍이 대피소로 이동하였습니다. 그 덕에 다들 무사할 수 있었지요. 자잘한 부상자가 있긴 하나, 다행히 사망자는 한 명도 없습니다."

"역시 아버지시네요."

언제나 몇 수 앞을 내다보시는 아버지셨다. 비록 아들인 그에겐 차가운 표정과 말투로 일관하시는 분이지만, 이럴 땐 저절로 존경심이 샘솟는다.

"란데르트 공작 전하의 대단함이야 제국에서 모르는 자가 어디 있습니까. 이 시대에 살아 있는 전설이신데요. 그분을 가까이에서 뵐 수 있어 기쁠 따름입니다."

대다수의 영지민이 그렇듯 후안 사제 역시 아버지의 숭배자였다. 바율의 얼굴이 미묘하게 굳어지는 걸 알지 못한 채 그가 목걸이를 풀어 성수에 담갔다.

해골 형상의 방패에 검과 창이 엇갈린 형태로 부착된, 조금은 섬뜩한 느낌의 목걸이였다. 전쟁의 신 아고스를 섬기는 이들 중에서도 고위급 사제만이 지닐 수 있는 증표 같은 것으로, 바율은 기억하는 아주 어린 시절부터 그것과 함께였다.

그래서일까.

목걸이를 볼 때마다 바율은 어떤 편안함을 느꼈다. 바일이 떠나고 혼자가 된 지금, 그것은 그를 평온하게 해 줄 수 있는 몇 안 되는 것 중 하나였다.

"그럼 시작할까요?"

후안 사제가 미소를 지으며 돌아봤다. 어려서부터 수없이 겪어야만 했던 순간. 바율은 이번에도 무사히 끝나길 소원하며 눈을 감았다.

2.

"바율 도련님, 영주님께서 찾으십니다."

리타가 문을 두드린 것은 바율이 치료를 마치고 차를 마시고 있을 때였다. 발밑에서 열심히 육포를 씹고 있던 재스퍼가 반가움에 꼬리를 흔들며 다가갔다. 리타는 녀석이 성내에서 바율 다음으로 좋아하는 사람이었다.

그런데 뭐라고?

바율은 잘못 들었다고 생각했다. 아버지가 자신을 찾는다니? 지난 2년간 부름은 고사하고 그가 아버지를 뵌 것은 손으로 꼽을 정도였다.

"…아래층에서 기다리고 계십니다."

보통 때라면 주위를 뱅뱅 돌고 있는 재스퍼의 머리를 쓰다듬고도 남았을 리타가 뻣뻣해진 몸으로 자신을 쳐다보고 있었다. 그것은 절대 바율의 귀가 잘못되지 않았음을 뜻했다.

"저는 그만 일어나야겠습니다. 바쁘신 분의 시간을 뺏으면 아니 되지요. 공작 전하께는 대신 안부 전해 주십시오."

인사도 하지 못했다. 후안 사제가 방을 나설 때까지 바율은 눈뜬장님처럼 가만히 자리를 지키고 앉아 있었다. 아버지가 자신을 찾는다는 사실에 분명 기뻐해야 정상이거늘,

이상하게도 불길한 예감을 떨쳐 낼 수가 없었다. 그런 그의 예감이 현실이 되는 데에는 그리 오랜 시간이 걸리지 않았다.

"아버지…?"

바율은 멍하니 아버지가 내미는 서류를 내려다보았다.

입학 추천서

방금 전 아버지의 말을 증명이라도 하듯 바율의 눈을 사로잡은 건 '입학 추천서' 라는 다섯 글자였다.

이제껏 한 번도 본 적 없는 록하트 가드너란 자가(필시 대단한 사람일 터였다) 바율이 캐링스턴 아카데미에 꼭 필요한 인재이며 장차 제국의 큰일을 도맡을 거목이니 입학을 강력히 추천한다는 내용이었다.

"서류 절차는 모두 끝마쳤다. 출발은 내일이다."

"하, 하지만……."

"네 병에 대해서라면 걱정할 것 없다. 신전은 여기에만 있는 것이 아니니. 미리 지시해 두었으니, 넌 시기가 되면 방문만 하면 될 것이다."

"그게 아니라 신입생 모집 기간은 이미 지난 걸로……."

"그 문제라면 해결했다."

란데르트 공작은 냉담히 아들의 말을 잘랐다. 하긴 괜한 염려였다. 아버지의 권력이 미치지 않는 곳이 제국 어디에 있단 말인가? 입학 기간 따위는 하등의 문젯거리가 될 수 없었다.

"더 궁금한 것이 있느냐?"

바율이 한참을 말없이 고개만 숙이고 있자 공작이 물었다. 그 고저 없는 물음에 바율은 조용히 눈을 들어 아버지를 마주 봤다.

묻고 싶은 것이야 많다. 늘 그랬다. 하지만 이번에도 역시나 그의 입은 열리지 않았다.

아들인 자신을 멀리하려는 아버지. 야속하지만 그 심정을 누구보다 잘 이해하고 있는 것도 그였다.

'아버지를 상처 입힌 것도, 잘못을 저지른 것도 나니까…….'

그래도 마음이 아픈 건 어쩔 수 없다. 말이 아카데미 입학이지 쫓겨나는 것이나 진배없다. 그동안은 자신을 피하셨지만, 이제는 같은 공간에 있는 것조차 힘들어지신 것이다.

'날 보면 바일이 생각나는 것이겠지.'

"…이만 가 보겠습니다."

힘없이 일어서는 바율에게 공작은 잘 가라는 인사조차 하지 않았다. 아마 그건 내일이라고 달라지지 않을 것이다.

언제 또 아버지를 뵐 수 있을까. 막연한 두려움이 바율을 사로잡았다.

"미안하구나. 나로서도 어쩌지 못했다."

이미 소식을 전해 들으신 듯 작은아버지가 밖에서 기다리고 있었다. 아버지의 애정에 목말라하는 자신을 보듬어 주는 유일한 분이시다. 침통한 표정의 그를 향해 바율은 흐릿한 미소를 지어 보였다.

콰콰쾅!

창밖으로 다시 번개가 내리쳤다. 창문에 와 닿는 빗줄기가 그사이 더 굵어진 듯하다.

내일이면 이 비가 그칠까?

홍수가 터져 다리라도 무너지길 바라지만, 설사 그렇다 해도 바율은 아버지의 명을 어길 수 없을 것이다. 방으로 향하는 그의 발걸음이 점점 무거워졌다.

Chapter 1.

피할 수 없다면

1.

덜컹거리며 기차가 섰다. 온몸이 욱신거리는 통증을 느끼며 바율은 잠에서 깨어났다. 한 자세로 너무 오랫동안 있었던 탓인지 여기저기 쑤시지 않은 데가 없었다.

'몇 시지?'

주머니에서 회중시계를 꺼낸 바율의 미간에 주름이 졌다. 시간이 무려 다섯 시간이나 지나 있었기 때문이다. 창문이 부서질 듯 퍼붓던 비도 어느새 그쳐 있었다. 맑게 갠 하늘이 오늘따라 유독 낯설었다.

"물 좀 드시겠습니까?"

이언이 물병을 들어 바율에게 건넸다. 마침 목이 타던 차였기에 바율은 고개를 끄덕이곤 물을 한 모금 들이켰다.

"시원하네요."

찬 기운이 목을 타고 전해지자 그제야 정신이 좀 맑아지는 듯했다. 한 차례 더 목을 축인 뒤 바율은 물병을 내려놓았다.

"식사도 좀 하시지요."

"생각 없습니다."

"사흘이나 지났습니다. 이대로 두면 상할 텐데요."

바율의 시선이 이언의 옆자리에 놓인 도시락으로 옮겨 갔다.

사흘 전 성을 떠나는 그에게 리타가 엉엉 울면서 싸 준 도시락이었다. 부러 잘 상하지 않는 재료들로만 만들었다며, 가다가 배가 고프면 먹으라고 챙겨 주었었다. 정신이 없어 그간 까맣게 잊고 있었다.

'재스퍼…….'

리타를 떠올리자 자연스레 재스퍼가 생각났다.

녀석은 잘 있을까?

어디 또 피가 나거나 울부짖고 있지는 않을까?

2년 전 녀석이 성에 온 이후로 둘은 한 번도 떨어져 지내본 적이 없었다. 잠을 잘 때는 물론이고, 식사를 할 때도, 공부를 할 때도, 그날의 사고 때도…… 둘은 언제나 함께였다.

그랬기에 성을 떠나면서 녀석을 가둘 수밖에 없었다. 평생 갇혀 본 적 없는 녀석이거늘 자꾸 따라나서려 했기에 어쩔 수 없었다. 당연히 녀석은 벗어나기 위해 발버둥 쳤고 이내 온몸이 상처투성이가 되었다.

곧 돌아오겠다는 바율의 말에 간신히 진정을 하긴 했는데, 녀석이 언제까지 참을 수 있을까?

나는 과연 견딜 수 있을까?

벌써부터 재스퍼가 그리웠다.

"조금이라도 드십시오."

바율이 답을 하지 않자 이언이 다시 청했다.

이언 세비지.

그는 아버지가 붙여 준 바율의 수행 기사였다. 오고 가며 얼굴은 본 적 있으나 말을 섞는 것은 처음이었다.

"시장하시면 이언 경께서 드십시오. 저는 정말 괜찮습니다."

리타에겐 미안하지만 전혀 입맛이 없었다. 어차피 바율이 도시락을 먹었는지 안 먹었는지 그녀가 알 방법은 없었다. 버려지느니 누군가의 뱃속으로 들어가는 게 그녀의 정성을 위해서도 더 나은 일이리라.

"아침도 거르셨습니다."

바율은 그저 쓰게 웃었다. 쫓겨나는 마당에 무슨 식욕이 있겠는가. 지난 사흘간 먹은 것이 거의 없었다.

"도착하는 대로 식당부터 먼저 들르는 게 좋겠습니다."

이언은 더 권하진 않았지만 순순히 물러서지도 않았다. 수행 기사의 본분을 충실히 이행하겠다는 의지가 말투에서 느껴졌다.

바율은 그의 눈길을 피해 차창 밖으로 시선을 돌렸다.

"근데 여긴 어디인가요? 기차가 잠시 멈춘 것 같은데."

"호이안이란 작은 소도시입니다. 캐링스턴은 두세 시간 정도 더 가야 합니다."

"그렇군요."

지난 사흘을 거의 기차에서만 보냈는데도 아직 더 가야 한다니, 말로만 듣던 북부와 남부 간의 거리 차이를 실감하는 순간이었다.

바율이 향하는 캐링스턴은 제국 남부에서 가장 큰 도시였다. 제국 최대의 무역항인 달랏항을 끼고 있는 해양 도시답게 활기차고 힘이 넘치는 곳으로, 세계 각국의 다양한 사람을 만날 수 있었다.

그렇다 보니 언어와 예술, 음식, 종교 등 많은 분야에서 발전을 이뤘는데, 그것은 곧 독자적인 문화의 형성으로 이어져 오늘날 캐링스턴을 황도에 버금가는 대도시로 키워 내는 데에 큰 역할을 하였다.

'이렇게는 아니었는데.'

어린 시절 바일과 함께 지도를 펼치고 여행 가는 상상을 하고는 했었다. 그때마다 바율의 첫 번째는 늘 캐링스턴이었고(항구에서 배를 타고 싶었다), 바일의 선택은 수도인 판엠이었다.

서로 택한 곳을 먼저 가겠다고 종종 다툼이 일기도 했지만, 마지막에는 결국 바일의 양보로 항상 캐링스턴으로 결정되고는 했다.

하지만 둘이 아닌 혼자가 된 지금, 이제 바율에게 캐링스턴은 더는 꿈꾸던 곳이 아니었다.

"곧 출발합니다! 탑승객 여러분께서는 서둘러 탑승해 주십시오!"

기차가 다시 출발하려는 듯 창문 밖으로 승무원이 깃발을 흔들며 지나갔다. 플랫폼에 앉아 쉬고 있던 사람들이 하나둘 기차에 오르기 시작했다.

바율과 이언이 머무는 칸은 기차 내에서도 특등실이었다. 넓고 푹신한 좌석에 나무 테이블까지 겸비된 곳으로 일반석에 비해 열 배가량 비쌌다.

그래서인지 승객은 바율과 이언뿐이었다. 그제도 어제도 마찬가지였다. 어느 역에서도 사람이 타지 않았다.

드르륵.

그런데 그런 특등실의 문이 열렸다. 또각또각 구두 소리를 내며 누군가 안쪽을 향해 걸어 들어왔다.

'누구?'

사흘 만에 마주하는 첫 승객에 바율의 고개가 저절로 올라갔다.

열다섯, 열여섯쯤 되었을까?

바율과 비슷한 또래의 여자아이였다. 자그마한 얼굴에 풍성한 적금발을 소유한, 상당히 예쁘장한 외모의 소녀였다. 그녀의 눈동자는 진한 보라색이었는데, 무슨 일인지 양쪽 모두 물기가 가득했다.

바율의 존재를 인지하지 못한 듯 소녀가 근처에 자리를 잡고 앉았다. 둘은 통로를 사이에 두고 대각선으로 마주 보는 위치였다.

"흐흡!"

갑자기 소녀가 울음을 터뜨렸다. 당장 눈물이 쏟아져도 이상하지 않을 얼굴이었기에 바율은 별로 놀라지 않았다. 그저 이유가 궁금할 따름이었다.

탕탕!

그때 소녀가 앉은 자리의 창문을 누군가 세게 두드렸다. 화려한 적금발에 보라색 눈동자. 묻지 않아도 알 수 있었다. 둘은 서로를 꼭 빼닮아 있었다.

"왜!"

소녀가 빽 소리를 지르며 창밖을 노려보았다. 그녀의 분노가 무엇 때문인지는 몰라도 누구 때문인지는 알 것 같았다.

"라나, 미안하다. 엄마가 정말 미안……."

"됐어! 그런 말이라면 이제 지긋지긋해!"

"라나, 엄마가……."

"여기 다시 안 와. 그 사람은 물론이고 엄마도 필요 없어. 이제 나 볼 생각 꿈에도 하지 마! 찾아오지도 말고 연락도 하지 마! 알겠어?"

촤악!

블라인드가 거칠게 내려졌다. 차창 밖에선 계속 외침이 들려왔지만, 소녀는 차갑게 고개를 꺾었다.

"……!"

그러다 바율과 눈이 마주쳤다. 그제야 또 다른 승객이 타고 있었음을 알아챈 그녀가 깜짝 놀라며 멈칫거렸다.

하지만 그것도 잠시, 소녀의 눈초리가 서서히 올라갔다. 눈가엔 여전히 눈물이 그렁그렁했지만, 눈빛만큼은 매서웠다.

넌 뭔데 남을 훔쳐봐? 죽고 싶어?

여리게만 보이던 소녀에게서 얼음장 같은 살기가 쏘아지자 바율은 그대로 얼어붙었다.

"미, 미……!"

뒤늦게 정신을 차리고 사과하려 했지만 그럴 수도 없었다. 제 엄마에게 했듯 소녀가 차갑게 고개를 돌렸기 때문이다. 덜컹거리며 기차가 다시 출발했고, 이후로 바율은 소녀의 얼굴을 더는 볼 수 없었다.

2.

여덟 시간 만에 기차에서 내렸다. 차가운 공기가 피부에 와 닿자 으스스 한기가 돌았다. 항구 도시답게 대기엔 바다 냄새가 섞여 있었고, 어디선가 갈매기 울음소리도 들려왔다.

결국 왔구나.

어쩔 수 없다는 걸 알면서도 바율은 이 순간이 오지 않기를 바랐다. 지난 2년을 친구도 없이 홀로 지냈다. 그런데 4년을, 무려 4년을 아카데미에서 보내야 한다.

월반을 한다면 그 기간이 더 짧아질 수도 있지만, 그럴 가능성은 거의 없었다. 반대로 유급을 당한다면 그보다 더 길어질 수도 있었다. 교육 수준이 높은 캐링스턴 아카데미는 매년 많은 수의 유급생이 생긴다고 했다.

명문가에서 나고 자랐지만 바율은 특별히 할 줄 아는 게 없었다. 어려서부터 몹쓸 병에 걸려 무언가를 제대로 배울 기회조차 없었다. 허약한 체질 탓에 서가에서 책을 읽는 정도가 유일한 낙이었다.

그런 내가 이곳에서 잘 버틸 수 있을까?

수없이 고뇌하고 염려하던 것이 머릿속에서 다시 꿈틀거린다. 도망칠 수만 있다면 도망치고 싶었다.

"잠시 다녀오겠습니다. 멀리 가지 마시고 여기서 기다리고 계십시오."

멍한 정신으로 이언을 따라 역 밖으로 나왔다. 그가 화물칸에 실은 짐을 확인하기 위해 자리를 비우자, 바율은 집을 나서고 처음으로 혼자가 되었다.

가슴이 두근거리고 시야가 어질하다. 역 밖은 남부 최대의 도시란 명성에 걸맞게 많은 사람으로 북적였다. 크고 높은 건물들이 줄을 이었고, 도로는 인력거와 마차, 자전거 등으로 복잡하기 이를 데 없었다.

툭.

건장한 사내가 바율의 어깨를 스치고 지나갔다.

탁.

이번엔 여자였다. 젊은 여자가 뛰어가며 가방으로 바율의 팔을 쳤다. 다들 어디로 향하는지 바쁜 기색이 역력하다. 그대로 있다가는 계속 치일 것 같아서 바율은 일단 길가장자리로 비켜섰다.

"어서 오십쇼! 한 장에 1쿠나, 두 장은 1쿠나 50셀링, 석 장은 단돈 2쿠나입니다!"

우렁찬 목소리에 화들짝 놀라 돌아보니 가판대에 그림이 잔뜩 널려 있었다. 캐링스턴 곳곳을 스케치한 그림이었는데, 그중 하나가 바율의 눈을 사로잡았다.

깎아지른 절벽 위에 우뚝 솟아 있는 고성. 노을과 숲이 어우러진 풍경이 고즈넉이 아름다운 곳.

바율이 가야 할 최종 목적지, 바로 캐링스턴 아카데미였다.

"이게 마음에 드십니까?"

바율의 시선을 알아챈 주인이 그림을 꺼내 들었다. 앞쪽에 진열된 것들보다 크기가 훨씬 크다. 가격도 5쿠나로 제일 비쌌다.

"아니요, 됐습니다."

수중에 돈이 없지는 않으나 구입할 필요가 없는 물건이었다. 앞으로 매일 아침 눈을 뜰 공간이 아니던가. 바율은 고개를 저으며 한 걸음 물러섰다.

"에이, 그림이 뚫어질 것처럼 쳐다보시던데 한번 자세히 보지 그러십니까? 이래 봬도 여기 있는 것들 전부 유명한 화가가 그린 겁니다!"

유명한 화가의 그림이 어째서 가판대에서 1쿠나라는 가격에 팔리는 건가요?

절로 의문이 튀어나왔지만, 그렇게 말했다가는 왠지 상대가 화를 낼 것 같아서 바율은 그냥 웃고 말았다. 이후로도 상인의 꼬드김은 계속되었지만, 다행히 이언이 도착할 때까지 바율의 지갑은 무사했다.

"짐은 바로 아카데미로 보냈습니다. 저희는 여기서 간단히 식사 먼저 하고 올라가도록 하지요."

기차에서 내린 지 고작 십 분 남짓 흘렀다. 그의 뜻을 모르는 바는 아니나 어딘가에 다시 갇히고 싶지 않다. 바율은 고개를 저으며 앞을 가리켰다.

"좀 걷고 싶어요. 일단 시내 구경부터 하죠."

"피곤하실 텐데, 괜찮으시겠습니까?"

"네, 아직은요."

바율의 대답이 미심쩍어 보였는지 이언의 눈빛이 가늘어졌다. 바율은 부러 허리를 쫙 폈다. 여러모로 지친 건 사실이지만, 새로운 도시에 대한 호기심까지 누를 정도는 아니었다.

"알겠습니다. 그럼 잠시 둘러보기로 하지요. 제가 안내하겠습니다."

안내를 하겠다는 이언의 발언은 빈말이 아니었다. 그는 바율과 함께 걸으며 지난 사흘간 했던 말 전부를 합친 것보다 더 많은 이야기를 쏟아 냈다.

뿐인가. 시내의 랜드마크라 할 수 있는 부분만을 콕 찍어 바율을 데려갔고, 그곳이 어디인지, 무엇을 하는 곳인지 상세히 설명까지 해 주었다.

그쯤 되자 바율은 의심하지 않을 수 없었다.

"이언 경, 고향이 어디세요?"

"캐링스턴입니다."

역시나 예상이 맞았다. 아버지가 그를 수행 기사로 뽑으신 건 우연이 아니었다. 일부러 여기 출신인 그를 붙여 주신 것이다.

'모질게 쫓아내신다고만 여겼는데 아니었나? 어쩌면 날 조금은 걱정하고 계실지도…….'

그 작은 희망에 한순간 바율의 가슴이 뛰었다. 아버지의 웃는 모습을 다시 볼 수 있다면 얼마나 좋을까. 이제는 바래져만 가는 옛 추억이 바율의 머릿속을 시큰하게 울렸다.

"대충 다 돌아보았는데, 이제 식사하러 가실까요?"

몸을 움직였더니 확실히 배가 고파졌다. 바율이 고개를 끄덕이자 이언이 즉시 골목길로 들어섰다.

그는 망설임이 없었다. 모퉁이 서너 개를 돌아 그들이 도착한 곳은 '식스 테이블'이란 식당이었다. 이름처럼 테이블이 딱 여섯 개밖에 없는 작고 허름한 곳이었는데, 20년이 넘도록 한자리를 지키고 있는 소문난 맛집이라고 이언이 설명했다.

과연 저녁을 먹기에는 조금 이른 시간임에도 불구하고 남은 테이블이 딱 하나였다. 웨이팅 없이 입장하는 건 굉장히 운이 좋은 거라고 이언이 말했지만, 아직 맛을 보기 전

이어서 그런지 바율은 크게 와 닿지 않았다.

"어서 오세요! 환상적인 음식 맛에, 그보다 더 환상적인 라이브 실력을 자랑하는 식스 테이블입니다!"

붉은 머리칼의 종업원이 둘을 맞이했다. 서빙이 한창이라서 뒷모습밖에 보이지 않았는데, 목소리가 무척 낭창했다.

무엇보다 특이한 건 그의 튀는 옷차림이었다. 화려한 색감과 무늬는 말할 것도 없거니와, 치렁치렁한 바지와 소매는 일하기에 몹시 불편해 보였다.

"여긴 굴라쉬가 맛있습니다."

"네, 그걸로 할게요."

굴라쉬는 소고기에 양파, 고추 등을 넣고 끓인 스튜였다. 바율도 평소 좋아하던 것으로, 빵과 함께 먹으면 무척 든든해서 한 끼 식사로 훌륭했다.

"주문하시겠습니까?"

옷자락을 사각거리며 문제의 종업원이 다가왔다. 메뉴도 골랐겠다 고개를 끄덕이며 돌아본 바율과 이언은 서로 약속이라도 한 듯 눈을 홉떴다. 상대가 굉장한 미남이었기 때문이다.

아름답다는 표현은 이럴 때 쓰라고 만든 말 같았다. 백옥 같은 피부에 우뚝 솟은 수려한 콧날, 그린 듯한 눈썹과 탐스러운 붉은 입술. 가장 눈길을 끄는 건 투명하게 빛나는 적색의 눈동자였다.

신이 직접 빚은 얼굴이 이러할까. 소년은 이런 낡은 식당의 종업원이라고는 믿기지 않을 만큼 대단한 미모의 소유자였다.

눈초리가 살짝 올라간 게 흠이라면 흠이었지만, 오히려 그것이 그를 사람답게 보이게 할 지경이니 놀라움이 배가된다.

'옷차림이 전혀 어색하지 않아.'

뒤태만 보았을 때하고는 완전히 다른 느낌이었다. 보통 사람이라면 과하거나 우스꽝스럽게 여겨졌을 차림이 소년에게는 무척 잘 어울렸다. 마치 그를 위해 재단된 맞춤복을 입은 것처럼 자연스러웠다.

분위기도 어찌나 우아하고 고풍스러운지, 순간 허름한 식당이 아니라 고급스러운 레스토랑에 와 있는 듯한 착각마저 일었다.

"굴라쉬 말씀하시는 것 같던데, 두 그릇 드리면 될까요?"

바율과 이언에게서 답이 없자 종업원이 방긋 웃으며 다시 물었다. 남녀 상관없이 한눈에 반하고도 남을 만큼 매혹적인 미소였다.

"…주시오."

먼저 정신을 차린 건 이언이었다. 그가 짤막하게 대꾸하며 본래의 무표정으로 돌아갔다.

"다른 건 더 필요하신 것 없습니까? 오늘 해산물이 아주 싱싱하거든요. 구이와 볶음, 튀김 등 원하시는 대로 요리해

드립니다.”

종업원이 상냥한 눈길로 바율을 내려다보았다. 바로 앞에서 마주한 소년의 눈동자는 색이 훨씬 짙었고, 섬뜩할 정도로 광채가 났다.

“튀김으로 할까요?”

바율은 가까스로 소년에게서 눈을 떼고 이언에게 물었다.

“네, 전 다 좋습니다.”

“마실 것은요? 맥주와 주스 모두 준비되어 있습니다.”

“전 물이면 돼요.”

“차가운 물로 두 잔 부탁하지.”

수행 기사로서 이언의 가장 중요한 본분은 바율을 안전하게 지키는 것이었다. 시원한 맥주 생각이 간절하지만, 새로운 도시에 막 도착한 이때 음주는 자칫 그를 느슨하게 만들 수도 있었다. 설사 그곳이 익숙한 고향이라 할지라도 말이다.

“진짜 맛있네요.”

음식은 금방 나왔다. 굴라쉬를 한입 떠먹은 바율의 얼굴에 놀라움이 번졌다. 이제껏 알고 있던 맛이 아니었다. 분명 같은 재료가 들어간 음식일 텐데 느껴지는 풍미가 전혀 달랐다.

“그러게요. 거의 10년 만입니다.”

맛 좋은 음식은 사람을 변하게 한다던가. 지금 이언이 딱 그랬다. 며칠을 함께 지냈지만, 바율은 그가 웃는 모습을 오늘 처음 보았다.

"고향에 오랜만에 오셨나 봐요."

"네, 스무 살에 떠났으니까요."

그렇다면 대강 나이가 서른쯤. 생각보다 많은 나이에 바율은 깜짝 놀랐다. 많아 봤자 이십 대 중반쯤으로 여겼기 때문이다.

실제로 그는 여기가 캐링스턴인 것을 감안한다면 아카데미생이라고 해도 믿을 수 있을 정도였다. 외모도 곱상한 편이어서 검을 차고 있지 않으면 아무도 기사라고 생각하지 못할 것 같기도 했다.

"저…… 오늘은 밖에서 자고 싶어요."

갑작스러운 바율의 선언에 이언이 식사를 하다 말고 고개를 들었다.

"일요일이잖아요. 휴일엔 기숙사에도 학생이 별로 없다고 들었습니다."

"전부는 아닙니다."

"알아요. 저처럼 집이 먼 학생은 주말에도 기숙사를 지키고 있겠죠. 방학만 손꼽아 기다리면서 말이에요."

입학도 하기 전 바율의 심경이 현재 그러했다.

"앞으로 기숙사에서 질리도록 지낼 겁니다. 벌써부터 그걸 시작하고 싶지 않아서 그래요."

"위에선 오늘 입실하시는 것으로 알고 있습니다. 짐도 이미 보내 놓았고요."

"따로 전갈을 보내면 되잖아요."

"그뿐만이 아닙니다. 밖에서 주무시다가 행여 무슨 일이라도 생기면 저 혼자 감당할 수 없을지도 모릅니다."

"여기까지 오는 동안에도 아무 일 없었는걸요. 그리고 캐링스턴은 치안이 매우 좋은 도시라고 들었어요. 고향이니 이언 경도 잘 아시지 않나요?"

이언은 대답하지 못했다. 사실 방금 전의 말은 그냥 핑계였다. 아주 늦은 시각만 아니라면 캐링스턴은 상당히 안전한 도시였다.

"마지막 자유라면요?"

바율의 음성이 어느 때보다 간절해졌다.

"내일부터 전 수많은 시선 속에서 하루하루를 보내야 합니다. 이언 경도 아시죠? 제가 누구의 아들인지. 오늘 밤만이라도 편하게 쉬고 싶어요."

바율의 진심이 통했을까. 망설이던 이언이 끝내 한숨을 내쉬며 승낙했다.

"…알겠습니다. 숙소를 잡도록 하지요."

아버지께 말하지 말라는 부탁은 따로 하지 않았다. 어차피 언제든 알게 되실 거다. 하루쯤 밖에서 머문다고 화를 내시진 않겠지.

붉은 머리칼의 종업원이 흥미로운 눈길로 자신을 보고 있다는 걸 알지 못한 채 바율이 멈췄던 식사를 다시 시작했다.

기분 탓일까. 분명 조금 전까지만 해도 입안에서 사르르 녹던 음식인데 지금은 모래알을 씹는 것처럼 꺼끌꺼끌했다.

3.

월요일 아침이 밝았다. 수업 시작은 보통 오전 10시. 고로 오늘이 첫 등교인 바율은 적어도 9시까지는 도착해 준비를 마쳐야 했다.

똑똑.

"접니다."

이언이 들어왔을 때 바율은 모든 채비를 마친 상태였다. 일찍이 조식도 먹었고, 서툴지만 머리와 옷매무새도 단정히 가다듬었다.

"밑에 마차를 잡아 놓았습니다."

"걸어가는 게 아니었나요?"

"언덕길이 제법 깁니다. 첫날부터 지각할 수는 없으니까요."

"제가 기숙사에 들어가면 이언 경은 바로 해밀턴으로 떠나시는 겁니까?"

"아닙니다. 전 여기 남아서 도련님을 수행하는 것이 일입니다. 당장은 여관에서 지내겠지만, 곧 처소를 구할 예정입니다."

다행이었다. 이언이 돌아가면 그때야말로 바율은 진짜 혼자였다. 생면부지 세상에 홀로 덩그러니 남게 되는 것이다. 그가 같이 있어 준다니 조금은 안심이 된다.

"주말에 가끔 놀러 가도 되나요?"

"물론입니다. 언제든지 오십시오."

주로 이언이 지내게 될 공간이지만, 실상은 바율이 편하게 쉴 수 있는 거처를 마련하려는 목적이었다. 먼 타지로 쫓겨나는 조카의 처지를 딱하게 여긴 바율의 숙부가 이언에게 긴히 부탁했던 것이다.

"이 마차 맞죠?"

그것을 전혀 알 리 없는 바율은 속으로 다행이라 여기며 마차로 올라섰다. 아니, 올라서려고 했다.

'응?'

개방형의 마차는 마부석을 빼고 네 명이 탈 수 있는 사인용 이륜마차였다. 당연히 비었으리라고 생각했는데, 먼저 온 선객이 있었다.

이게 아닌가?

주위를 살폈으나 멈춰 있는 건 이것뿐이었다. 이상함에 다시 마차 안을 돌아보니 돌연 상대가 인사를 건넨다.

"안녕?"

머리에 페도라를 눌러쓴 왜소한 체구의 소년이었다. 금색의 짧은 곱슬머리에 밝은 녹안을 지닌 귀여운 얼굴이었지만, 왠지 악동을 연상시켰다. 녀석은 남이 잡아 놓은 마차에 무임승차한 주제에 미안한 기색은커녕 태도가 당당했다.

"이거 아카데미로 올라가는 거 맞지?"

무심결에 바율이 고개를 끄덕이자 그럴 줄 알았다는 듯 녀석의 입꼬리가 올라갔다.

"인원은 그렇게 둘이고?"

이언이 뒤로 다가와 서는 게 느껴졌다. 그도 작금의 상황이 어리둥절한지 무어라 말이 없었다. 황당한 일이 벌어진 건 그다음이었다.

"헤에, 딱 좋아! 마부 아저씨, 추울바알!"

갑작스러운 녀석의 명령에 대기 중이던 마부가 '네, 손님!'을 외치더니 채찍을 높이 드는 것이 아닌가? 얼떨결에 이언이 바율을 밀어 올린 뒤 자기도 얼른 올라탔고, 간발의 차이로 마차가 출발했다.

"나는 에이단이라고 해. 기사학부 1학년. 넌?"

어이없는 합승에 바율이 정신을 차리기도 전 소년이 물

었다. 교복을 보고 아카데미생인 줄은 알았지만, 저 작은 체구에 기사학부라는 건 의외였다.

'무기나 제대로 들 수 있을까?'

아카데미 입학은 열여섯 살부터 가능하다. 1학년이라고 했으니 바율과 동갑이라는 얘긴데, 소년은 그렇게 보기 힘들 정도로 작은 편이었다.

"난 주말에 집에 갔다 오는 길이야. 너도 그런가 보지?"

어쨌든 집에서 온 것은 맞으니까. 바율은 어색하게 웃으며 고개를 끄덕였다.

"근데 한 번도 못 본 얼굴이네. 이름이 뭐야?"

"…바율."

"바율?"

되묻는 에이단의 얼굴을 바율은 긴장된 표정으로 쳐다봤다. 혹시 자신을 알아보면 어쩌나 불안했다. 성을 일부러 빼긴 했어도 바율이란 이름 역시 그리 흔한 편은 아니었다.

"으음…… 역시 생소해. 학기가 시작된 지 두 달이 넘어가는데 처음 만나는 친구라니. 에이단, 더 분발해야겠다!"

입술을 앙다물며 다짐하는 에이단의 모습에 바율은 안도했다. 얼마 지나지 않아 자신에 대해 알게 되면 배신감을 느낄지도 모른다. 그래도 최소한 입학도 하기 전부터 들키고 싶지는 않았다.

하지만 그 안도감은 잠시였다.

“기숙사는 어디야? 스톤 라이언? 블랙팔콘? 터틀킹?”

낯선 단어에 바율의 표정이 다시 굳어졌다. 에이단이 말하는 건 기숙사 이름이었다. 하지만 이름만 알 뿐 바율은 아직 자신이 속한 곳이 어디인지 몰랐다.

뭐라고 대답해야 하지? 그냥 대충 둘러댈까?

“터틀킹은 아닐 거야. 그럼 내가 못 봤을 리가 없거든.”

기사학부라는 걸 밝힌 상태에서 기숙사를 물었으니 학부별로 정해지는 건 아니란 뜻이었다.

무작위로 선정되는 것인가? 아니면 추천? 만일 선택을 해야 하는 거라면 어디를 고르지?

새로운 고민거리에 바율은 머리가 다 지끈거렸다. 다행스러운 점은 마차가 심한 커브 길에 들어서면서 흔들리는 바람에 대답할 시간을 벌었다는 것이었다.

“야, 왜 말을 안…… 으앗! 내 몸뚱이!”

에이단의 몸이 세차게 휘청거렸다. 녀석이 재빨리 손잡이를 붙잡더니 안 그래도 커다란 눈을 치켜뜨며 마부석을 향해 소리쳤다.

“아저씨! 마차 운전 똑바로 안 합니까! 우리 잉그리드 한창 낮잠 중이라고요! 깨면 아저씨가 책임지실 거예요? 그래요?”

‘무슨……?’

갑자기 낮잠 타령은 뭐고 웬 여자 이름이란 말인가. 바율은 물론이고 이언 역시 이상하다는 듯 에이단을 바라봤다.

그때였다. 에이단이 휘청일 때도 꿈쩍 않고 머리에 찰싹 붙어 있던 모자가 위로 살짝 들려진 것은. 그리고 그 틈으로 뭔가가 톡 튀어나왔다.

'…새?'

놀랍게도 진짜 새였다. 그것도 아주 작은 부엉이. 회갈색 몸통에 머리는 거멓고 얼굴 부위는 하얬다. 눈동자는 까맸으며 눈자위는 진한 주황빛을 띠고 있다. 머리 위로 솟은 두 개의 귀깃이 참으로 앙증맞았다.

'귀, 귀여워!'

뜬금없는 새의 등장이 당황스럽긴 했지만, 바율은 감탄하지 않을 수 없었다. 깜박이는 눈만 아니라면 인형이라고 착각했을 것이다. 생애 처음 보는 작은 생명체 앞에서 바율은 그대로 무장 해제가 되었다.

"아이구, 잉그리드 일어났구나? 잘 잤어?"

고래고래 악을 쓰던 에이단의 음성이 언제 그랬냐는 듯 다정하게 변했다. 녀석이 머리 위로 손을 뻗더니 익숙한 손길로 새를 어루만졌다.

"삐욕!"

화답이라도 하듯 잉그리드가 작은 울음을 토해 냈다. 귀여운 생김새에 걸맞게 소리 또한 깜찍했다.

"어? 이 녀석이 왜 이러지?"

몇 번 울음을 토하던 잉그리드가 돌연 모자 밖으로 몸을 완전히 빼더니 벌떡 일어섰다. 그러곤 한 줌의 망설임도 없이 바율을 향해 폴짝 뛰어내렸다.

"앗!"

순식간에 일어난 일이라 피할 수도 없었다. 손등에 와 닿는 이질적인 느낌에 안 그래도 놀란 바율의 몸에 힘이 잔뜩 들어갔다. 완전히 몸집을 드러낸 잉그리드는 생각했던 것보다 훨씬 더 작았다. 손등의 반도 채 채우지 못할 정도였다.

"네가 마음에 들었나 본데?"

잉그리드의 돌발 행동이 에이단은 신기한 눈치였다. 녀석이 바율과 잉그리드를 번갈아 살피며 재밌다는 듯 웃었다.

"이름이 잉그리드야?"

바율이 묻자 잉그리드가 발을 통통 튀기며 좀 전과는 다른 소리로 울어 댔다. 찌르르한 울림이 굉장히 듣기 좋았다.

"응. 네가 좋은가 봐. 원래 낯을 많이 가리는 녀석인데 희한하네."

자신에게 호감을 표시하는 새가 바율도 당연히 싫지 않았다. 부리가 제법 날카로워 보였지만 용기를 내 손가락을 대 보았다. 딱딱한 느낌도 잠시, 잉그리드가 기다렸다는 듯 바율의 손에 머리를 갖다 댄다.

"쓰다듬어 달라는 거야. 이렇게."

에이단이 잉그리드의 뒤통수를 가볍게 긁으며 시범을 보였다.

"너도 해 봐."

잠시 머뭇거렸으나 바율도 곧 에이단이 했던 대로 천천히 잉그리드의 머리를 쓰다듬었다.

"와……."

무척이나 부드럽고 따뜻했다. 재스퍼와는 또 다른 느낌이다.

깃털이란 건 굉장하구나.

기분이 좋은 건지 잉그리드가 연신 '삐욕삐욕' 소리를 냈다.

"도착했습니다요!"

세 남자가 잉그리드의 재롱에 푹 빠져 있을 그때, 마부의 알림과 함께 드디어 마차가 멈췄다. 꿈에서 깨듯 미소가 순식간에 걷히며 바율은 다시 현실로 돌아왔다.

"내가 너무 일찍 왔나? 사람이 별로 없네."

활짝 열린 성문 너머로 너른 풀밭이 펼쳐져 있었다. 그 뒤로 웅장한 자태를 뽐내며 캐링스턴 아카데미가 우뚝 서 있다.

꿀꺽.

온몸의 신경 세포가 아우성치며 깨어났다. 드디어 올 것이 왔구나.

“덕분에 잘 얻어 타고 왔어. 고맙다, 바율.”

잉그리드를 다시 페도라 속으로 넣으며 에이단이 뛰어내렸다.

“조만간 또 보자!”

그러곤 바율이 인사할 새도 없이 쏜살같이 달려갔다. 속도가 어찌나 재빠른지 마치 날다람쥐 같았다.

그 뒷모습을 멍하니 바라보고 있자니 불현듯 바일이 생각났다. 힘든 순간을 앞둘 때면 항상 그랬다. 함께였던 그때도, 곁에 없는 지금도 바율에게 가장 힘이 되는 존재는 언제나 바일이었다.

너라면 잘해 낼 거야. 바율, 힘을 내.

소리 없는 응원이 바율의 귓가를 채운다.

‘그래, 바일을 위해서라도 도망치면 안 돼.’

망설임은 이제 끝이다.

피할 수 없다면 맞서야 한다.

목에 건 펜던트를 손에 꼭 그러쥔 채 바율이 씩씩하게 마차에서 내렸다. 아카데미를 향해 걸어가는 그의 머리 위로 오전의 햇볕이 뜨겁게 내리쬐고 있었다.

Chapter 2.
우리 구면이지?

1.

"이곳에서 잠시만 기다리시면 교수님께서 곧 도착하실 겁니다."

바율이 교내로 들어서자 기다렸다는 듯 누군가 나타났다. 아카데미의 행정 직원이라고 자신을 소개한 남자는 형식적인 인사를 짧게 건네고는 바율을 어디론가 안내했다.

일찍 서두른 탓인지 교내엔 학생들이 별로 보이지 않았다. 교복을 입지 않은 바율은 상대적으로 눈에 띌 수밖에 없었다. 간간이 마주치는 학생마다 호기심 어린 눈동자로 바율을 살피는 게 느껴졌다. 애써 담담한 척 표정을 유지했지만, 그때마다 바율의 긴장 지수는 점점 올라갔다.

"그럼 전 이만."

"후우."

직원이 나가고 혼자가 되자 긴 한숨이 절로 새어 나왔다. 경직되었던 몸이 조금씩 풀리며 작게나마 안도감이 찾아왔다.

본격적인 아카데미 생활은 아직 시작도 안 했는데, 벌써부터 이 모양이라니 나도 참 한심하구나.

바일을 생각하며 다짐했던 게 방금 전이었다. 고작 직원 한 명을 상대하고 힘들어하는 자신에게 바율은 어이가 없었다.

"도련님은 란데르트 공작 가문의 유일한 후계자이십니다. 아카데미에서 도련님을 무시할 자는 아무도 없다는 말씀입니다. 무엇이든 자신감 있게 당당하게 임하십시오."

성문에서 헤어지기 직전 이언이 말했다. 하지만 그는 알까? 오히려 그 사실이 바율에겐 엄청난 부담이 된다는 것을.

폴스카 제국 제일의 가문.

살아 있는 전설의 성지.

별의 기사와 달의 군주가 머무는 곳.

란데르트 공작가를 수식하는 말은 이것 말고도 무수히 많다. 음유시인의 노랫말에 단골로 등장하고, 출판된 위인 전기의 수는 셀 수조차 없으며, 제국의 역사를 논할 때도 빠짐없이 등장하는 가문.

아버지는 자신과 비교 자체가 불가능한 분이셨다. 바율조차 스스로가 그분의 아들이 맞는지 의심될 정도로 모든 면에서 달랐다.

비범한 가문에서 태어난 나약한 아이.

그것이 자신이었고, 그렇기에 바율은 늘 죄를 짓는 기분이었다.

"여어, 네가 바율인가?"

바율이 자책감에 빠져 허우적거리고 있을 때, 문이 벌컥 열리며 한 사내가 들어왔다. 머리는 까치집에 턱에는 수염이 꺼슬꺼슬하게 돋은 삼십 대 초반의 남자였다. 그는 바율과 원래 알고 지내던 사이라도 되는 양 얼굴에 반가운 기색이 역력했다.

"안녕하……."

"아, 그냥 앉아 있어."

일어서려는 바율을 손짓으로 제지하며 그가 급히 책상으로 향했다.

"가만있자, 내가 어디에다 뒀더라."

그러곤 뭔가를 찾기 시작했는데 그 행동이 심히 분주했다.

"어제 분명 여기에 넣어 둔 것 같은데……."

사용한 물건은 반드시 제자리에 두는 것이 좋다. 그래야 다음에도 손쉽게 찾아 쓸 수 있으니까.

어린 시절 바율은 바일과 그 문제로 부단히도 싸웠다. 깔끔한 성격의 바율과 달리 바일은 뭐든 정리하는 법이 없었고, 어지럽히는 데는 선수였다.

빈자리가 없을 정도로 온갖 잡동사니가 수북하게 쌓여 있는 책상, 발 디딜 공간만 간신히 남긴 채 책들로 어지럽혀진 바닥, 한쪽 구석은 아예 쓰레기가 탑이 되어 장식품처럼 놓여 있다.

뒤늦게 바율의 눈에 들어온 실내는 그야말로 엉망진창이었다.

'이건 바일의 방보다 심하잖아…….'

바율이 인상을 쓰는 찰나, 책상 밑으로 내려갔던 남자의 머리가 튕기듯 올라왔다.

"오, 찾았다!"

담배?

그런 그의 손에는 반쯤 피우다 만 담배 한 개비가 들려 있었다.

"어라? 성냥은 또 어디 갔지?"

기쁨도 잠시. 다시금 좀 전의 상황이 반복되었다. 바율이 함께 있는 것을 아는지 모르는지 사내는 거의 무아지경이었다.

이쯤 되자 바율은 남자의 정체가 의심스러웠다.

직원이 말하길 곧 교수님이 도착한다고 하였다. 문밖의 명패에도 '로티어스 제인 폰 윈터 교수'라 쓰여 있지 않았던가.

교복 차림도 아니고, 연령도 학생이라고 하기엔 너무 많아 보이고, 결정적으로 담배와 성냥을 찾아 실내를 뒤적이는 모습이 능숙하다.

그럼에도 바율의 의구심은 사라지지 않았다.

정말 눈앞의 이 남자가 교수라고? 교수라면 대개 지긋한 나이에 품위와 기품이 느껴지는 그런 사람들이 아닌가?

이제껏 바율이 만났던 개인 교사들은 모두 그러했기에 바율은 도저히 남자를 교수라는 단어와 연결 지을 수 없었다.

"미안. 내가 약간 정신없었지?"

바율이 고뇌하는 사이 성냥 찾기에 성공한 모양이었다. '이제야 좀 살 것 같네'라고 중얼거리며 남자가 담배 연기를 내뿜었다.

"우선 창문 좀 열게. 냄새가 독하거든."

이제껏 실내에 배어 있던 향이 특이한 향수인 줄만 알았는데 담배 냄새였음을 깨닫는 순간이었다.

"자, 이제 준비 끝! 그만 본론으로 들어가 볼까?"

담배를 입에 문 채 그가 바율에게로 걸어왔다. 뿌연 연기가 서늘한 바람에 섞여 함께 불어왔다.

"난 로티어스 교수. 역사를 가르치고 있지. 역사 좋아하나?"

"…네, 어느 정도는."

"그래? 그럼 질문 하나. 우리가 역사를 배우는 이유가 무엇일까?"

난데없는 질문에 바율은 일순 말문이 막혔다. 그가 기대했던 건 수업 일정이나 기숙사 배정에 관한 것이지, 이런 식의 질문이 아니었다.

"역사를 좋아한다고 했으니 그 정도는 당연히 알고 있겠지?"

당황한 바율의 모습이 재미있기라도 한 듯 그가 씩 웃더니 허리를 숙여 바율과 눈을 맞췄다. 헝클어진 머리와 거칠한 수염 속에 가려져 미처 보지 못했던 그의 맑은 눈동자가 바율의 시선을 사로잡았다.

그래서일까. 망설이던 바율은 얼결에 입을 열었다.

"…잘은 모르지만, 과거의 실수를 되풀이하지 않기 위해서가 아닐까요."

"실수?"

"네. 역사는 반복되기 마련이고, 잘못된 것을 미리 안다면 이전보다 나아질 수 있으니까요."

"오."

바율의 대답에 만족한 듯 로티어스 교수의 눈가에 미소가 번진다.

"그래, 맞다. 우린 역사에서 배운다. 역사란 우리 선조들의 이야기이자 교훈이다. 고치고 익혀 나가야 할 기억이지. 란데르트 공작 전하께서 아들 교육을 허투루 하지는 않으셨군."

아버지가 거론되자 반사적으로 몸에 힘이 들어갔다. 언제쯤 이런 반응에서 벗어날 수 있을까. 남들은 절대 이해하지 못할 바율만의 트라우마였다.

"갑자기 몸이 아파서 정시 모집에 응시를 못 했다지?"

"……?"

"이제는 다 나은 건가?"

"…네, 괜찮습니다."

아버지가 댄 핑계가 이거였던가. 허약한 몸뚱이가 말썽인 것은 사실이니 아주 틀린 말도 아니긴 했다.

"안색으로 봐선 여전히 상태가 안 좋은 것 같지만, 뭐 그건 신전에서 알아서 할 일이고. 읏, 아까워라! 마지막 꽁초였는데!"

말하는 중간 그가 아쉬움에 몸부림치며 남은 꽁초를 재떨이(라 추정되는 것)에 비벼 껐다. 그것은 본연의 모양이 어떠하였는지 알 수 없을 만큼 수많은 꽁초로 뒤덮여 있었다.

"자, 받아."

어디서 났는지 로티어스 교수가 종이를 휙 건넸다. 속필로 휘갈겨 쓴 티가 역력한 수업 일정표였다.

"원래 알아서들 짜는 건데, 넌 편입생이고 하니 내가 특별히 짜 주는 거야. 역사를 좋아한다고 해서 얼마나 다행인지 몰라."

'아.'

일정표를 살핀 후에야 바율은 그가 왜 역사에 대해 물었는지 알 것 같았다. 일주일 중 일요일을 제외한 엿새가 수업 일인데, 그중 사흘이나 역사 수업이 들어가 있었다.

"질문 있나?"

"저, 기숙사는 어디입니까?"

"이런, 제일 중요한 걸 깜박했네. 내 정신이 이렇다니깐. 미안, 미안!"

"아닙니다."

"특별히 가고 싶은 기숙사가 있다면 보내 주긴 할 텐데, 일단 내가 임의로 정한 건 스톤 라이언이야. 거기 룸메이트 없는 학생이 한 명 있거든."

"제가 선택할 수 있는 겁니까?"

"당연하지. 학생의 성격이나 특성에 맞게 교수가 지정해 주기도 하지만 원하면 선택도 가능해. 여긴 캐링스턴 아카데미잖아. 자유의 낙원!"

로티어스 교수가 두 팔을 벌리며 활짝 웃었다.

"스톤 라이언, 블랙팔콘, 터틀킹. 이렇게 세 곳이죠?"

"응, 그렇지만 룸메이트가 없어서 외로운 학생이 있는 곳은 스톤 라이언 한 곳뿐이야."

"……."

"우리 아카데미 기숙사가 시설 좋기로 유명하거든? 방도 무지하게 넓어요. 근데 거길 혼자 쓴다고 생각해 봐. 엄청 심심하지 않을까?"

"…스톤 라이언으로 하겠습니다."

"옷, 정말이지? 결정 잘했다! 나중에 딴말하기 없기다?"

애초에 다른 선택을 할 수 없게끔 유도한 질문이었다. 룸메이트가 없는 외로운 학생을 얘기할 때마다 그의 눈이 번뜩이는 것을 세 번이나 목격했다. 그걸 보고서도 다른 곳을 택할 만큼 바율은 모질지가 못했다.

'에이단과는 자주 볼 수 없겠구나.'

마차에서 보았던 잉그리드를 생각하니 조금은 아쉬움이 든다. 이곳에 와 처음으로 사귄 친구인지라(에이단이 친구라 여겨 줄지는 모르겠다만) 바율은 내심 터틀킹을 생각하던 참이었다.

"전달 사항은 이제 끝! 더 궁금한 게 있으면 밖에 있는 녀석에게 물어보고, 우린 수업 시간에 다시 보자고. 난 잠깐 눈 좀 더 붙여야겠다. 너 때문에 일찍 일어나서 완전 피곤하거든. 으하암!"

인사할 새도 없었다. 목젖이 다 보이도록 늘어지게 하품을 하고는 그가 바로 소파로 엎어졌다. 그러곤 방금 전까지 깨어 있던 사람이라고는 믿기지 않을 정도로 빠르게 코를 골며 잠에 빠졌다.

사람이 너무 황당하면 멍해질 때가 있는데, 지금 바율이 그러했다. 아무리 저마다 성격이 다르고 특색이 있다지만, 이처럼 독특한 사람은 처음 본다.

다른 학생들도 이럴까?

하긴 따지고 보면 에이단도 그리 평범하지는 않았다. 남이 잡아 놓은 마차에 허락 없이 오르고(그럼에도 미안한 기색은커녕 당당했다), 머리에 부엉이를 얹고 다니는 게 평범하다고 보긴 어렵다.

'아, 내 룸메이트가 누구인지 물어볼 걸 그랬나.'

뒤늦게 걱정 섞인 궁금증이 돋았지만, 이제 와서 자는 사람을 깨울 순 없는 노릇이다. 어차피 오늘이면 알게 될 일, 아쉬움을 뒤로한 채 바율은 문을 열고 밖으로 나왔다.

타다닥!

"응?"

그런데 무슨 일일까. 문이 열리자마자 바율의 눈에 들어온 것은 후다닥 사라지는 웬 남학생의 뒷모습이었다.

'누구? 아!'

의문은 잠시였다. 더 궁금한 게 있으면 밖에 있는 녀석에게 물어보라던 로티어스 교수의 말이 떠올랐기 때문이다.

'근데 왜 도망을……?'

이해할 수 없는 남학생의 행동에 바율은 당혹스러웠다. 그는 이제 막 아카데미에 도착했다. 당연히 아는 게 있을 리 없고 도움받을 일 또한 한둘이 아닐 것이다. 당장에 수업을 받으러 어디로 가야 하는지조차 모르는 상황이지 않은가. 졸지에 혼자가 되었으니 난감하기 짝이 없었다.

'지금이라도 쫓아가야 하나?'

뒤늦은 판단이 들었지만, 남학생은 이미 저만치 점이 되어 사라져 가고 있었다.

"여기서 또 만나네."

불쑥 목소리가 들린 것은 그때였다.

“안녕? 우리 구면이지?”

놀랍게도 상대는 바율이 아는 얼굴이었다. 처음 본 순간 넋을 놓게 했던 아름다운 외모의 소년. 바로 어젯밤 식당에서 만났던 붉은 눈동자의 종업원이었다.

“난 일라이. 줄여서 다들 라이라고 불러. 마법학부 1학년.”

마법학부 1학년?

그러고 보니 어제와 달리 교복 차림이다. 특유의 화려한 분위기는 여전했지만, 교복을 입고 있으니 느낌이 색달랐다. 단정해 보인다고 해야 할까? 모범생의 기운이 느껴졌다.

“넌 바율이지? 이번에 행정학부로 편입한. 반갑다. 앞으로 잘 지내보자.”

소년, 아니 일라이가 미소를 지으며 인사했다.

‘일라이.’

왠지 정감 가는 이름에 조용히 읊조려 보던 바율의 눈매에 의문이 더해졌다.

“…내 이름을 어떻게?”

“로티어스 교수님께서 부탁하셨거든. 며칠 동안 내가 너의 길잡이가 될 거야.”

길잡이? 그럼 좀 전의 학생은 뭐지?

남학생이 사라진 방향을 바율이 이상하다는 듯 바라보자 일라이가 웃으며 설명했다.

"아. 그 녀석은 슈빅이라고, 1학년 사이에선 정보통으로 통해. 이래저래 호기심이 많아서 바쁜 녀석이랄까?"

"정보통이라면……?"

"응, 짐작하는 그거 맞아. 아마 지금쯤이면 너에 관한 소식이 쫙 퍼졌을 거야. 소문 하나는 기가 막히게 빨리 퍼뜨리거든. 우리 걸으면서 얘기할까?"

일라이가 복도 끝을 가리키며 앞장서 걷기 시작했다. 마주 본 상태일 땐 몰랐는데 등에 기타를 메고 있었다.

"우선 로티어스 교수님 때문에 많이 놀랐지? 조금 괴짜이시긴 하지만 좋은 분이야. 학생들 부탁도 곧잘 들어주시고 무단 외출도 가끔 눈감아 주시는 천사 같은 분이시지."

"무단 외출이라니? 그러면 허락 없이는 성 밖으로 나갈 수 없다는 얘기야?"

"당연하지. 주말을 제외하고 외출증 없이 나갔다가 걸리는 날엔 벌점이 무려 10점이야. 세 번 걸리면 30점이니 바로 유급이라고 보면 돼."

벌점 때문에 유급이 될 수도 있다는 얘기는 처음 듣는다. 바율이 기가 질린 표정을 짓자 일라이가 안심하라는 듯 덧붙였다.

"걱정 마. 우리 스톤 라이언은 그럴 리 없으니까. 담당이 로티어스 교수님이시거든. 넌 이게 얼마나 행운인지 아직 체감이 안 되지? 저기 재 보여?"

일라이가 턱짓하는 곳엔 운동복 차림의 여학생 한 명이 걸어가고 있었다. 그녀도 이쪽을 바라보고 있었는데, 바율에게 시선이 집중된 것으로 보아 일라이의 말처럼 벌써 소문이 시작된 모양이었다.

"스테이시라고 나랑 같은 마법학부 1학년생인데 기숙사가 블랙팔콘이야. 담당은 재닛 교수님이고. 별명이 독장미라 불리는 분이시니, 어떨지 짐작이 가지?"

바율이 고개를 끄덕이자 일라이가 귓속말로 속닥였다.

"지난달에 저 애가 기숙사를 탈출하다가 딱 걸린 거야. 벌점 10점은 당연하고, 매일 아침 연무장 열 바퀴, 저녁에는 활쏘기 백 번, 주말에는 마구간 청소까지 한다더라. 석 달이나 그래야 한다니 좀 너무하지?"

규칙을 어겼으니 벌을 받는 건 마땅하지만, 마법학부생에게 기사학부에서나 필요한 수련을 시키는 것은 바율 입장에서 다소 이해가 안 갔다.

아침 벌칙을 수행하고 오는 길인지 스테이시의 얼굴은 온통 땀투성이였다. 일라이가 손을 흔들자 그녀가 기운 없이 웃으며 지나갔다.

"그런데 라이, 너도 스톤 라이언이야? 저, 라이…… 라고 불러도 되지?"

"그럼, 되고말고."

바율을 내려다보며 일라이가 싱긋 웃었다.

진짜 잘생겼구나.

그 순간 바율이 든 생각은 그것뿐이었다. 그가 웃자 주위가 환해지며 공기마저 정화되는 느낌이었다. 낯설면서도 기분이 묘했다.

"같은 스톤 라이언이라서 내가 네 안내를 맡은 거야. 학부는 다르지만, 수업도 자주 같이 듣게 될걸? 교수님께서 그렇게 짰다고 하셨거든."

일라이가 바율의 손에 든 일정표를 힐긋거리더니 말을 이었다.

"거봐. 오늘 첫 수업도 같네."

첫 수업이라면 언어 수업이었다. 괄호 안에 '가국어'라고 적혀 있다.

"난 좋아하는데, 넌?"

"조금 배우긴 했지만 잘하진 못해서……."

가국은 제국의 동쪽 끝에 위치한 작은 나라였다. 언어는 물론 피부색과 문화, 생활 양식 등 많은 것들이 다른 변방의 소국이지만, 대대로 군왕이 어질고 가진 자원이 풍부하여 제국에서도 함부로 대하지 못하는 강국 중 하나였다.

"처음엔 다들 그렇지. 언어는 흥미를 느끼지 못하면 배우기 어려워. 재미를 느끼는 순간 확 늘게 되니까 너무 염려하지 마."

'언어엔 나보다 바일이 소질 있었는데.'

문득 옛 기억이 떠올라 바율은 그저 씁쓸한 미소를 지었다.

"오늘은 첫날이니 대강의 위치만 설명해 줄게. 워낙 넓은 데다 미로 같은 구조라 헷갈리겠지만, 며칠 지나면 익숙해질 테니 잘 들어 둬. 우선 이대로 쭉 가면……."

이후로 일라이의 손가락과 입술이 바쁘게 움직였다. 대충 얘기해 주겠다는 처음의 말과 달리 그의 설명은 꽤 구체적이었고, 그에 따라 바율의 머릿속은 점점 복잡해졌다.

뭐가 뭔지, 어디가 어딘지 하나도 입력이 되질 않았다. 그저 보이는 건 하얀 돌벽이오, 푸른 나무였다.

지도라도 있으면 좋겠다는 생각이 들 때쯤, 중앙에 분수대가 놓인 작은 광장이 나타났다. 그리고 그곳에서 바율은 수많은 눈과 마주했다.

저절로 발걸음이 멈췄다. 일라이의 친절함에 풀어졌던 긴장이 다시금 밀려오며 심장이 거칠게 뛰었다.

세상이 빙글 도는 것만 같다. 태어나 처음으로 수많은 이들 앞에 자신을 내보였다. 당당해지리라 다짐했는데 역시나 쉽지가 않다.

어디를 보아야 할지, 어디로 발길을 돌려야 할지 바율은 순간 갈피를 잡지 못했다.

"감히 천한 인어 따위가 우리와 같이 공부를 해? 얘들아, 이 새끼 정신 차리게 물벼락 좀 뿌려라. 제 놈과 우리가 다르다는 걸 똑똑히 보여 주자고!"

불쾌한 음성이 끼어든 것은 그때였다. 비음 섞인 불량한 어조로 누군가 명령하자, 기다렸다는 듯 학생들이 우르르 달려들었다. 그들의 손에는 하나같이 물이 한가득 담긴 양동이가 들려 있었다.

좌아아악!

작정하고 준비한 듯 그들의 움직임은 일사불란했다. 물을 끼얹는 행위가 빠르고 신속하게 이어졌다.

놀라운 건 그다음이었다. 모두가 예상했던 것과는 다른 상황이 벌어졌기 때문이다.

'마법?'

처음 보는 괴이한 풍경에 바율의 눈이 커졌다. 실제로 본 적은 없지만, 마법이 아니라면 설명하기 힘든 장면이었다.

물이 공중에 떠 있다니?

여섯 개의 양동이에서 부어진 액체가 덩어리진 채 허공

에서 멈춘 듯 움직이고 있었다. 그리고 그것들을 조종하고 있는 듯한 한 학생이 매우 화가 난 얼굴로 그 밑에 서 있었다.

"…인어족?"

바율을 두 번째로 놀라게 한 건 상대의 귀였다. 인간의 귀와는 전혀 다른, 마치 물고기의 지느러미와 같은 그것이 얼굴의 양쪽에 달려 있었다.

은빛을 머금은 듯한 푸른색 머리칼이 둔부를 뒤덮고, 그보다 더 진한 파란색 눈동자가 차갑고 도도하게 반짝이고 있었다.

Chapter 3.
첫 수업

1.

"또 시작이네."

일라이의 음성에 정신이 번쩍 돌아왔다. 이제껏 미소만을 보여 주던 그의 얼굴이 짜증으로 가득했다.

"자레드 패거리야. 헥터 가문이라고, 너도 알지? 거기 장남이 저 녀석들 대장이야. 아카데미 최고 망나니들이지."

헥터 가문이라면 당연히 알고 있다. 제국에 둘밖에 없는 공작 가문 중 하나니까.

"요즘 좀 조용하다 싶더니 역시나 일을 꾸미고 있었어."

"일이라니?"

"물 퍼붓는 거 말이야. 바보들, 저게 통할 줄 알았나 보지?"

바율이 이해하지 못한 듯한 표정을 짓자 일라이가 본연의 친절한 모습으로 돌아가 설명했다.

"보다시피 인어족이잖아. 참, 저 녀석의 이름은 퀸이야. 남자 이름이 퀸이라니, 특이하지?"

여왕이라는 뜻을 품고 있으니 특이하긴 하다. 하지만 어색한 느낌은 전혀 없었다. 오히려 매우 잘 어울린다고 바율은 생각했다.

남자지만 아름다웠다. 일라이와는 또 다르다. 단아하면서도 섬세한 느낌. 차갑고 서늘하며 대단히 귀족적이다. 분명 살아 움직이는 인간인데 마치 바다를 마주하는 듯한 기분이었다.

"얼마 전부터 소문이 하나 돌더라고. 인어는 바다에선 다리가 변하잖아. 헤엄을 쳐야 하니까."

자연스레 바율의 시선이 퀸의 다리로 향했다. 너무도 당연하게 그곳엔 인간과 같은 다리가 자리하고 있었다. 지느러미 모양의 귀만 아니라면 인어족이라는 걸 몰랐을 것이다.

"귀가 저런 것도 물속에서 숨을 쉬기 위한 것이고. 어쨌든 소문이 뭐였느냐면 육지에서도 다리에 물이 닿으면 지느러미로 변한다는 거야. 물이 마르기 전까지는 인간의 다리로 돌아오지 못하기 때문에, 인어족에겐 육상 생활이 위험하다는 얘기였지."

"그게 정말이야?"

바율이 놀라 묻자 일라이이가 고개를 가로저었다.

"아니, 그냥 누군가 지어낸 헛소리야. 너도 지금 보고 있잖아. 저 녀석이 물을 조종하는 거. 저런 능력을 가졌는데 물에 좀 젖는다고 다리가 지느러미로 변하겠어? 그런 말을 믿고 저런 짓을 벌인 저놈들이 멍청한 거지."

상냥하고 친절하기만 하던 일라이의 입에서 험한 말이 연이어 튀어나오자 조금 놀라웠다. 대체 저들이 나쁜 짓들을 얼마나 많이 저질렀기에 이러는 것일까.

헥터가라면 제국에서도 명망 높기로 자자한 가문이었다. 그런 곳의 장남이라면 예절 교육을 철저히 받았을 터인데, 모두가 보는 앞에서 왜 저런 행동을 하는 것인지 바율로서는 이해가 안 갔다.

'응?'

자레드란 아이를 살피는데 별안간 따가운 시선이 느껴졌다. 고맙다고 해야 할지 모르겠지만, 방금 전의 사건으로 바율에게 쏠렸던 시선들 대개가 퀸에게로 옮겨 간 상태였다.

한데 의아하게도 정작 그 대상인 퀸이 바율을 뚫어질 듯 노려보고 있었다.

"저 녀석이 이제야 널 본 모양이야."

일라이가 바율의 귀에다 대고 속삭였다. '어' 하고 답하고 싶었으나 바율은 그럴 수가 없었다. 갑자기 기분이 이상했기 때문이다.

퀸의 시선은 무언가 달랐다. 바율이 학생들의 눈빛에서 읽은 건 자신을 향한 호기심이었다.

꽁꽁 숨어만 있던 란데르트 공작가의 유일한 아들이 아카데미에 입학했다. 어떤 녀석일까? 소문처럼 정말 유약하고 어디가 모자란 걸까?

이런 종류의 눈빛이라면, 퀸은 놀란 듯하면서도 무언가 의심에 차 있었다. 오늘 처음 만난 사이가 분명한데도, 마치 처음이 아닌 양 바율을 보는 눈빛이 흔들렸다.

'…왜?'

"에이, 아까워라! 그냥 퍼붓지."

바율에게 신경이 집중된 탓이었을까. 자레드 패거리를 향해 쏘아질 것 같던 물 덩이가 맨바닥으로 뿌려졌다. 양동이를 든 채 어찌할 바를 모르던 녀석들이 그제야 살았다는 듯 후다닥 달아나기 시작했다.

"하여튼 모자란 놈들이라니까."

꽁지 빠지게 내달리는 녀석들을 쳐다보며 일라이가 쯧쯧 혀를 찼다.

"언제쯤 정신을 차리려는지. 제국의 앞날이 걱정이다, 걱정."

누가 들으면 학생이 아니라 선생이라고 착각할 법한 말투였다. 그러나 모든 신경을 퀸에게 빼앗긴 바율에겐 그 어떤 소리도 들리지 않았다. 그 순간엔 오로지 퀸과 자신, 둘만이 세상에 존재하는 듯했다.

어째서 저런 눈으로 날 보는 것일까.

그냥 지나치기엔 꺼림칙할 만큼 강렬한 눈빛이었다. 상대가 인간이 아니기에 더 의문스럽다. 제법 먼 거리임에도 시야에 들어오는 모든 것이 선명했다.

파도치듯 출렁이는 머릿결, 흠잡을 데 없이 새하얀 피부, 그 안에서 빛나는 보석 같은 눈동자, 고집스럽게 꾹 다물어진 입술.

자신을 향한 저 집요한 눈빛만 아니라면, 바율은 순수하게 감탄하며 바라보았을 터였다.

"…바율?"

그러길 얼마나 지난 걸까. 어깨에 와 닿는 일라이의 손길에 바율은 움찔 몸을 떨었다.

"괜찮아?"

너희 둘이 왜 그래?

바율과 퀸을 번갈아 살피는 일라이의 얼굴엔 의혹이 가득했다.

자신도 영문을 모르는데 무슨 대답을 할 수 있으랴. 바율이 할 수 있는 건 그저 어색하게 웃는 일뿐이었다.

그러다 깨달았다. 퀸에게 쏠렸던 시선들이 어느새 제자리로 돌아와 있음을.

갑작스러운 소란으로 잠시 관심이 돌려졌을 뿐, 오늘 화제의 주인공은 여전히 바율이었다.

쿵쿵, 울렁증이 다시 시작됐다. 거울을 보지 않아도 안색이 하얗게 질려 가고 있음이 느껴졌다.

'쓰러지면 안 돼. 정신 차려, 바율!'

첫날부터 이야깃거리를 제공하고 싶지 않았다. 웃음거리가 되는 것 또한 바라지 않는다. 불안하면 늘 그렇듯 펜던트로 손이 향했다. 익숙한 촉감이 전해지자 미약하나마 안정이 찾아온다.

"로켓 펜던트네?"

"…어?"

"그거 말이야."

일라이가 웃으며 바율의 목을 가리켰다.

"어제도 걸고 있던데, 안에 뭐가 들은 거야? 중요한 거라도 있어?"

'중요한 거? 글쎄…….'

바율도 알지 못했다. 아주 오래전, 바율이 기억조차 안 나는 아기였던 시절부터 목에 걸고 있던 펜던트지만 안을 열어 본 적은 없었다. 이유는 단순했다. 열쇠가 없기 때문이다.

그저 돌아가신 어머니가 남기신 유품이란 게 바율이 아는 전부였다.

"무슨 보석이야? 투명한 게 꼭 진짜 물방울 같아. 참 예쁘다."

"고마워."

바일도 비슷한 말을 하고는 했었다. 부러움에 찬 눈빛으로 펜던트를 만지며, 예쁘다고 말하던 모습이 떠오른다.

하지만 형은 단 한 번도 펜던트를 달라고는 말하지 않았다. 걸어 보고 싶다는 말조차도. 그저 바율에게 양보하는 게 당연하다는 듯, 한 점의 욕심도 내지 않았다.

생각해 보면 모든 면에서 그랬다. 어려서부터 몸이 약했던 자신을 위해 바일은 언제나 배려하고 양보하며 살았다. 바일이 떠나고 없는 지금, 바율은 그 사실이 가장 고마운 한편 미안했다.

"어이, 에이단!"

습관처럼 바일을 떠올리며 바율이 감상에 젖어 드는 찰나, 일라이가 손을 번쩍 들며 소리쳤다.

'에이단?'

낯설지 않은 그 이름에 바율의 고개가 황급히 돌아갔다.

"라이! 너 거기서 뭐…… 어라? 바율이네?"

일라이에게 마주 인사하던 에이단이 뒤늦게 바율을 발견하곤 눈을 동그랗게 떴다. 잉그리드는 다른 곳에 두고 왔는지 녀석의 머리엔 페도라가 보이지 않았다.

"근데 너 왜 아직 그 차림이야? 교복 안 입어?"

"둘이 아는 사이?"

"응, 마차로 같이 등교했거든. 학기 시작한 지 두 달이나 지났는데 오늘 처음 본 거 있지. 라이 너랑 같은 학부였구나?"

"아니, 학부는 다르고 기숙사가 같아."

"아, 스톤 라이언이었어? 그래서 더 못 만났나 보네."

지금쯤 바율의 존재가 아카데미 전체에 퍼졌을 거라고 하더니, 모두에게 해당되지는 않는 모양이었다. 바율은 오해를 바로잡고자 한 걸음 나아갔다.

"저기 에이단, 실은 내가……."

"바율, 미안. 내가 지금 완전 바빠서. 얘기는 이따가 점심시간에 다시 하자. 알았지?"

"아니, 잠시만……."

“자, 다들 비켜! 비켜!”

바율이 붙잡으려 했지만 에이단은 이미 돌아선 뒤였다. 작은 몸 어디에서 그런 힘이 나오는지, 책이 그득 실린 수레를 끌고 반대편으로 부리나케 사라졌다. 덕분에 주변에 몰려 있던 학생들이 우르르 비켜나며 순간이나마 시선이 줄어들었다.

“쟨 네가 편입생인 걸 모르는 눈치네.”

“아, 그게 어쩌다 보니 말할 새가…….”

공연히 죄를 지은 듯한 기분이었다. 그런 마음을 읽었는지 일라이가 웃으며 말했다.

“뭐, 그럴 수도 있지. 저 녀석은 근로 학생이라서 오전, 오후로는 무지 바쁘거든. 점심에 잘 얘기해 봐.”

“근로 학생?”

“응, 일을 하면 많진 않지만 장학금이 나와. 용돈 정도는 할 수 있지. 내가 식스 테이블에서 아르바이트하는 이유랑 비슷해.”

용돈을 직접 벌어서 쓴다고?

바율에겐 꽤 충격적인 말이었다. 캐링스턴에선 공부할 시간도 부족하다 들었다. 그런데 스스로 용돈까지 벌어 쓴다니. 지금껏 혼자서는 무엇도 해 본 적 없는 바율이기에 에이단과 일라이가 진심으로 대단하게 보였다.

"참, 나 알바하는 건 당분간 비밀이다. 여자애들 몰리면 골치 아프거든."

왜 아니겠는가. 일라이의 외모는 거의 사기에 가까웠다. 당연히 인기도 많을 것이다. 워낙 유명한 가게니 굳이 자신이 아니더라도 조만간 소문이야 나겠지만, 바율은 일단 알겠다며 고개를 끄덕였다.

"혹시 에이단이 조기 입학생인 건 알아?"

"아니, 그게 뭐야?"

"넌 열여섯 살이잖아. 맞지?"

"응."

"나도 열여섯. 아카데미에 입학하기 위한 첫째 조건이지. 근데 가끔 특출한 재능을 인정받아 열다섯 살에도 들어오는 애들이 있어. 바로 에이단 같은 녀석이지."

"그럼 에이단이 우리보다 한 살 어리다는 거야?"

그래서 체구가 유달리 작은 거였구나. 어쩐지 나이에 비해 너무 작다 싶었다.

"그래서 싫어하는 애들이 좀 있어. 나이 어린놈이랑 친구 맺기 싫다고."

"고작 한 살 차이인데?"

"에이단이 형이라고 부르면 간단히 해결될 텐데, 그 녀석 성격에 또 그건 못하거든. 그래서 가끔 분란이 생겨. 미리 알아 두라고.”

“기사학부라고 들었는데, 어떤 재능이 있는 거야? 조기 입학을 할 정도라면 대단한 재능이겠다.”

“그건 몰라.”

“응?”

“저 녀석이 말을 안 해 줬거든. 누구처럼 잘난 척하고 싶지 않다나? 뭐, 언젠가 알게 될 테니깐 나도 더 묻진 않았어.”

아카데미에서 처음 만난 친구가 조기 입학 능력자라니 바율은 왠지 기분이 좋았다. 어떤 능력을 지녔을지 궁금하기도 하다.

“너 웃기도 하는구나?”

“…어?”

“조금 전까지 계속 긴장하고 있었잖아. 웃어도 완전 어색하고.”

“내가 그랬나?”

“그래. 그렇게 좀 많이 웃어라. 보기 좋네.”

그건 누구보다 바율이 바라는 바다. 친구들과 즐겁게 웃으며 떠들고 노는 것. 마지막으로 그걸 해 본 게 2년 전이었다.

열여섯의 바율에겐 모든 게 사건이 있었던 열네 살 전과후로 나뉜다. 바일을 보내고 아버지의 사랑마저 잃은 그해. 할 수만 있다면 과거의 그때로 돌아가 모든 걸 원래대로 되돌리고 싶은 게 바율의 유일한 소망이자 꿈이었다.

"안녕, 라이!"

"타티아나 선배님, 좋은 아침입니다."

단발머리 여학생이 지나가며 먼저 알은체를 하자 일라이가 깍듯이 인사했다. 다른 아이들처럼 대놓고는 아니었지만, 그녀 역시 바율을 살피는 게 느껴졌다.

"같은 학부 2학년 선배야. 엠블럼 색깔 초록색인 거 봤지?"

지금의 바율에게 그런 걸 볼 정신이 있을 리 없다. 바율이 어리둥절해하자 일라이가 자신의 왼쪽 가슴을 내밀었다.

"봐, 난 노랑이잖아."

노란색으로 칠해진 사각형 엠블럼 안에 뿔 모양이 멋지게 새겨져 있다.

"순록 뿔?"

"응, 캐링스턴 아카데미의 상징이야. 우린 1학년이라서 노랑이고, 2학년은 초록, 3학년은 파랑, 4학년이 빨강이지. 누군지 모를 땐 일단 엠블럼을 보고 판단해. 여기선 선후배 간의 예의를 꽤 따지거든."

예절이라면 자신 있었다. 아버지께선 하인들에게조차 함부로 구는 걸 용납하지 않으셨다. 덕분에 바율은 어린 시절부터 신분에 구애 없이 사람을 대하는 것이 몸에 배어 있었다.

"그럼 다시 가 볼까? 설명 마저 해야지."

광장을 벗어날 수만 있다면 뭐든 못하랴. 바율이 고개를 끄덕이자 일라이가 자신만 믿으라는 듯 앞장섰다. 든든한 그를 따르며 바율은 슬쩍 뒤를 돌아보았다.

'아직도…….'

설마 했는데 역시나다. 퀸의 시선이 여전히 자신을 향해 있었다.

도대체 뭘까? 왜 저런 얼굴로 날 보는 걸까?

일라이의 말소리가 전혀 귀에 들어오지 않았다. 광장에서 마주친 퀸의 눈빛만이 계속해서 바율의 머릿속을 맴돌았다.

2.

"재야, 재."

"헐, 완전 약골 같은데? 얼굴이 왜 저렇게 하얘?"

"머리 색 빼고는 란데르트 공작 전하랑 하나도 안 닮았다. 먼발치에서 뵌 적 있거든. 은발에 푸른 눈이 너무 멋지셨어!"

"그동안 꼭꼭 숨겨 온 이유가 있었네. 무슨 병을 앓고 있다더니, 소문이 사실인가 봐."

"엄마가 누군지도 모른다며? 낳자마자 도망갔대."

"죽은 게 아니고?"

"죽은 건 걔 형이고. 쌍둥이 형이 재작년인가? 물에 빠져 죽었잖아."

"불쌍하다. 엄마는 도망가고, 형은 죽고, 본인은 몹쓸 병까지 걸리고. 공작 전하께서 마음이 편치 않으시겠어. 하나뿐인 아들인데."

"무슨 걱정이야. 지금이라도 하나 더 낳으시면 될 텐데."

"하긴, 오십이 넘으셨어도 여전히 정정하시지. 보기엔 그냥 이십 대 같다며? 진짜냐?"

"응, 완전 젊으셔. 그래서 언제나 여자들한테 인기 폭발이시지. 우리 엄마가 그러는데, 침 흘리는 귀족가의 여식이 한둘이 아니래."

"만약 공작 전하께서 재혼하시면 걘 어떻게 되는 거냐? 늦둥이 아들이라도 생기면……."

"귀여운 동생 하나 생기는 거지, 뭐긴 뭐냐? 혼자보단 둘이 낫다고, 외롭지도 않고 좋지 않겠어? 엉?"

"에, 에이단!"

바율의 등장에 수군거리던 아이들이 일제히 멈칫하며 한 곳을 바라봤다. 그곳엔 막 일을 끝내고 강의실로 들어온 에이단이 책상 위에 삐딱하게 앉은 채 한심하다는 표정을 짓고 있었다.

"나보다 나이도 한 살 더 먹은 것들이 잘들 하는 짓이다. 당사자가 버젓이 다 듣고 있는데 그딴 말이나 내뱉고. 부끄럽지도 않냐?"

"우, 우리가 뭘 어쨌다고!"

"맞아! 우린 그냥 들은 사실을 얘기했을 뿐인데!"

"사실? 너 지금 사실이라고 했냐?"

귀엽게만 보이던 에이단의 얼굴이 사납게 일그러졌다. 작은 체구 어디에서 그런 박력이 나오는지 다들 에이단의 눈치를 살폈다.

"너희가 봤어? 방금 한 그 얘기들 너희가 직접 눈으로 다 확인했냐고."

"본 건 아니지만…… 소문이 그렇다니까!"

"그래, 소문이란 말이지. 하하!"

에이단이 허공을 향해 크게 소리 내어 웃었다. 그러나 그건 과장된 소리일 뿐, 녀석의 눈은 전혀 웃고 있지 않았다.

"야, 너 뚱땡이!"

갑자기 에이단이 누군가를 꼬집어 가리켰다.

"왜, 왜애!"

집중되는 이목에 당황한 듯 지적당한 아이의 얼굴이 빨개졌다. 그는 바율의 어머니가 도망갔다고 맨 처음 말했던 소년이었다.

"소문에 말이지, 네가 며칠 전에 자다가 침대에 오줌을 쌌다고 하던데…… 사실이냐?"

"뭐, 뭐야! 누가 그래! 아니거든!"

"나 말고도 들은 사람이 꽤 될 텐데? 아니냐?"

에이단이 빙 둘러보자 몇몇이 동의하는 기색을 보였다. 안 그래도 벌게진 소년의 얼굴이 더 빨갛게 익어 갈 무렵, 에이단이 공격 대상을 변경했다.

"그리고 거기 허우대 너!"

"나, 나…… 뭐!"

"넌 라나사한테 고백했다가 차였다는 소문이 있던데, 사실이냐?"

에이단의 폭탄 발언에 허우대라 불린 소년의 안색이 하얗게 질렸다. 그는 창피해서라기보다 겁에 질린 것 같았다.

아니나 다를까. 질시를 띤 눈빛들이 이어졌다.

"라나사한테 고백을 했다고?"

"바튼 저 녀석이?"

"헐, 미친 거 아니야? 자기가 어디 라나사와 어울릴 급이야?"

"무식하면 용감하단 말이 딱 맞네. 대단하다."

아이들이 또다시 수군거렸다. 그런 그들의 시선은 하나같이 같은 곳을 향하고 있었는데, 그것을 따르던 바율의 눈가에 잔떨림이 생겼다.

'저 아이는…….'

화려한 적금발에 신비한 보라색 눈동자를 지닌 소녀. 바로 바율이 기차에서 만났던 그 아이였다.

"라나사 델 보스트리지. 기사학부 1학년이야. 출중한 외모와 엄청난 검술 실력으로 아카데미에서 인기가 자자한 여걸이지. 별호가 무려 얼음 여신이란다."

'얼음 여신?'

열여섯의 어린 소녀에게 어울린 법한 별명은 아니었다. 하지만 기차에서 마주쳤던 눈빛을 떠올리면 이해가 가기도 한다. 한순간이지만 살기를 느꼈으니까.

지금도 그렇다.

아이들의 숙덕거림에도 홀로 꼿꼿이 허리를 세운 채 창밖만을 바라보고 있다. 마치 홀로 다른 세상에 있는 듯.

'내겐 작은 관심조차 없구나.'

관심은커녕 눈길조차 주지 않는다. 이걸 고맙다고 해야 할지, 서운하다고 해야 할지 바율은 헷갈렸다.

"더 할까? 응?"

윽박지르듯 묻는 에이단의 음성에 누구 하나 대답하지 못했다. 새 학기가 시작된 지 이제 겨우 두 달 남짓 지났지만, 에이단의 다혈질 성격은 이미 유명했다. 그런 녀석과 엮여서 좋을 것 없다는 게 모두의 생각이었다.

"진짜 못난 짓이 뭔지 알아? 남의 약점 가지고 놀리는 거야. 그중에서도 제일 악질은 그게 진짜인지 가짜인지 제대로 알지도 못하면서 떠들고 소문내는 것들이고."

에이단의 일침이 몇몇 학생들의 가슴에 콕콕 날아가 박혔다. 헛기침을 하며 얼굴을 돌리는 아이들도 있었다.

"오늘 처음 아카데미에 들어온 편입생이다. 우리 웬만하면 좋게 좋게 넘어가자. 알겠냐?"

아무도 답하지 않았으나, 에이단은 그걸로 되었다는 듯 몸을 일으켰다. 그러곤 방금 전의 엄한 분위기는 어디 가고 환하게 웃으며 바율에게로 다가왔다.

"암튼 멋진 녀석이라니까."

일라이가 에이단을 향해 엄지손가락을 추켜세우며 어서 와 앉으라는 듯 자신의 앞자리를 툭툭 쳤다.

"헤에, 또 보네."

"…그러게."

에이단과 수업을 같이 듣게 될 줄은 몰랐다. 미리 알았더라면 억지로라도 붙잡고 얘기했을 텐데.

"일하다가 들었어. 편입생이 있다기에 누구냐고 물으니까 네 이름이 나오는 거 있지. 게다가 네가 란데르트 공작 전하의 아들이라며? 완전 깜짝 놀랐다!"

"미안, 말하고 싶었는데……."

"됐어, 그럴 시간이 없었잖아. 다 이해하니까 신경 쓰지 마."

"…고마워."

"뭐가?"

에이단은 아예 뒤를 향해 돌아앉았다. 바로 앞에서 마주한 녀석의 얼굴은 좀 전의 호기로움이 상상되지 않을 정도로 앳돼 보였다.

"그냥, 오늘 일 전부 다."

"친구라면 당연한 거지. 별말을 다 한다."

"…친구?"

"응, 친구. 우리 친구 아니야?"

에이단이 바율과 일라이를 번갈아 쳐다보며 고개를 갸웃했다. 머뭇거리는 바율과 달리 일라이가 당연하다는 듯 대꾸했다.

"맞지, 왜 아니냐. 에이단, 넌 내가 입학하고 제일 먼저 인정한 녀석이다. 아주 매력적인 인간이야. 바율, 넌 두 번째고."

"내가 두 번째……?"

"넌 첫인상이 맘에 들었거든."

바율과 일라이의 첫 만남은 식스 테이블에서다. 그곳에선 음식을 주문한 일밖에는 없었다. 바율이 이상하다는 듯 쳐다보자 일라이가 그런 게 있다는 것처럼 의미심장한 미소를 지었다.

드르륵.

그때 강의실의 문이 열리며 중후한 체구의 남성이 들어왔다. 덥수룩한 수염에 부리부리한 눈매가 인상적인 자였다.

"칼 반스. 가국어 담당 교수님이야."

에이단이 재빨리 앞을 보며 바른 자세를 취했고, 일라이는 바율의 귓가에 대고 속닥였다.

'홋.'

새로운 사람이 등장하면 어김없이 일라이가 설명을 해준다. 그것이 고마운 한편, 재밌기도 하다. 길잡이로서의 성실함과 자상함. 로티어스 교수님이 왜 자신을 일라이에게 맡겼는지 알 것 같았다.

탁탁!

"편입생이 있다지? 거긴가?"

반스 교수가 지시봉을 내리치며 바율을 바라봤다. 바율은 자리에서 일어나 꾸벅 인사했다.

"바율 로마노프 혼 란데르트, 맞나?"

"네."

"내 수업이 자네의 아카데미 첫 수업이고?"

"그렇습니다."

"오호."

그게 무슨 별일인지는 모르겠으나 반스 교수의 입가가 실룩였다. 그에 따라 풍성한 그의 수염이 같이 출렁였다.

"그렇다면 그냥 지나칠 수 없지."

탁!

"바율 군, 자기소개를 해 보겠나?"

지시봉으로 재차 교탁을 내리치며 반스 교수가 명했다. 좀 전과 달라진 점이라면 그가 제국 공통어가 아닌 가국어로 말하고 있다는 것이었다. 그것은 바율 또한 가국어로 답하라는 뜻이리라.

갑작스러운 상황에 바율은 당황했고, 아이들의 눈에는 흥미가 돋았다. '란데르트 공작의 아들이니 가국어쯤이야 간단히 해내겠지' 라는 눈빛이 있는가 하면, '너 같은 약골이 가국어를 하면 얼마나 하겠냐?' 라는 비웃음이 느껴지는 얼굴들도 있었다.

등줄기에서 식은땀이 주룩 흘렀다. 순탄할 거라 예상하지는 않았지만, 첫 수업부터 난관에 봉착했다.

내가 잘 해낼 수 있을까?

지금보다 앞으로가 더 걱정이었다.

"아, 안녕하십니까. 행정학부 1학년으로 편입한 바율 로마노프 혼 란데르트라고 합니다."

바일과 함께 배운 가국어를 떠올리며 바율은 띄엄띄엄 말문을 열었다.

"모두 만나서 반갑습니다……."

"그게 끝?"

"아, 아니요."

이렇게 끝냈다가는 학기 내내 놀림을 당할 것이다. 바율은 급히 고개를 저으며 말을 이었다.

"나이는 열여섯이고, 특기는 딱히 없습니다. 그냥 어려서부터 책 읽기를 좋아했습니다. 장래희망은…… 많이 부족하지만 열심히 노력해서 아버지와 같은 사람이 되는 겁니다."

"아버지와 같은 사람이 되고 싶다?"

놀랍다는 듯 반스 교수의 눈이 휘어졌다. 그럴 만도 할 것이다. 란데르트 공작은 노력한다고 해서 될 수 있는 그런 존재가 아니니까.

그럼에도 바율이 아버지를 거론한 것은 나약한 모습을 들키고 싶지 않아서였다. 아카데미에서만큼은 다른 사람으로 살고 싶었다.

본연의 의지박약한 모습은 버리고 바일처럼, 언제나 햇살같이 빛나던 자신의 형처럼 그리 살고 싶었다.

"네, 본받기 위해 늘 애쓰고 있습니다."

더 해 보라는 듯 반스 교수가 지시봉을 바율에게 겨누었다.

"지금까지 저의 가장 친한 친구는 가드견인 재스퍼였습니다. 무엇을 하든 언제나 녀석과 함께였는데, 이곳에 오면서 두고 올 수밖에 없었습니다."

"저런, 안타깝군."

"그렇지만 후회하지 않습니다. 오늘 전 이미 두 명의 친구를 사귀었고, 앞으로 더 많은 친구를 사귈 테니까요."

두 명의 친구가 누군지는 굳이 말할 필요가 없으리라. 일라이가 흐뭇한 눈길로 바율을 올려다보았다.

"그리고 마지막으로 한 가지 더, 오해를 바로잡고 싶습니다."

"오해?"

"네, 제 어머니는 도망가신 게 아니라 저와 형을 낳다가 돌아가셨다고 들었습니다. 이미 고인이 되신 분이니 더는 함부로 입에 오르내리지 않았으면 합니다."

내게 이런 당찬 면이 있었던가?

본인이 말하고도 얼떨떨한 순간이었다. 이상하게도 에이단과 일라이가 곁에 있다고 생각하니 용기가 솟았다.

자신이 몹쓸 병에 걸린 것도 맞고, 형이 물에 빠져 죽은 것도 맞다. 하지만 어머니에 대한 것만은 사실이 아니다. 아버지께 직접 들은 것이기에 확실하다.

초상화로밖에 뵌 적 없지만, 아버지께서 무척이나 귀히 여기셨다는 어머니를 욕되게 하는 행위만은 두고 볼 수 없었다.

바율은 어느 때보다 진지하고 다부진 말투로 소문을 불식시켰다.

"이게 무슨 소리지?"

반스 교수가 안 그래도 큰 눈을 더욱 크게 뜨며 학생들을 돌아봤다.

"오늘 첫 등교한 편입생이다. 도움을 줘도 모자랄 판국에, 돌아가신 모친에 대해 이러쿵저러쿵 떠들어? 이런 못난 놈들!"

반스 교수의 지시봉이 연달아 교탁을 쾅쾅 두드렸다.

"하물며 바율 군의 모친은 란데르트 공작 전하의 부인이시다. 공작 전하가 누구시냐! 십년전쟁에 종지부를 찍고, 제국을 대륙의 패자로 군림케 한 명실공히 제국 최고의 공신이시다! 그런 분의 반려를 감히 너희들이 능욕해? 모두 제정신이 아니렷다!"

"저, 전 괜찮습니다!"

반스 교수의 호통에 누구보다 움찔한 건 바율이었다. 그저 오해를 바로잡고자 했을 뿐이지, 이런 상황을 만들려고 한 것은 아니었다.

"아니다. 다신 이런 일이 없도록 따끔히 혼을 내 줘야 해!"

바율을 자리에 앉히며 반스 교수가 엄히 말했다.

"바율 군이 공작 전하의 아들이라고 특별 대우하는 것이 아니다. 아무리 바율 군이라도 문제가 있다면 예외 없이 처리할 생각이다. 하나! 공작 전하에 관한 얘기라면 다르다."

아버지를 거론할 때마다 반스 교수의 목에 한껏 힘이 들어갔다. 그것으로 보건대 그 또한 아버지의 숭배자임이 확실했다.

"휴."

괜한 한숨이 나오는 건 어쩔 도리가 없다.

"뭐냐, 너? 가국어 못한다며?"

"…어?"

반스 교수의 눈을 피해 일라이가 낮은 어조로 속삭였다. 바율이 무슨 뜻이냐는 듯 눈동자를 깜박이자 그가 장난스럽게 옆구리를 콕 찔렀다.

"조금밖에 못 배웠다며. 겸손이 너무 지나친 거 아니야?"

"겸손이라니, 무슨……?"

"가국어 말이야. 못한다고 할 땐 언제고, 왜 이렇게 유창해? 보니까 완전 현지인 수준이더구먼. 너 거짓말하면 못쓴다."

이건 또 무슨 소리인가? 내가 가국어를 잘한다고?

한 번도 그리 생각해 본 적이 없기에 바율로서는 황당하기 그지없었다.

"바율, 너 엄청난데? 가국어는 언제 배운 거냐?"

앞에선 반스 교수가 여전히 설교 중이었다. 열변을 토하는 그의 눈을 피해 에이단이 뒤를 돌아보며 찡긋거렸다.

그뿐이 아니었다. 분위기를 보니 바율을 다시 봤다는 듯한 눈초리가 여기저기에서 느껴진다. 비교 대상이 바일밖에 없었던 바율에겐 신기하고도 기이한 경험이었다.

'형은 나보다 훨씬 더 유창했는데.'

바일이 오늘 여기에 있었다면 어땠을까. 모든 면에서 바율보다 월등했던 바일이다. 그런 형의 존재를 알아주는 이가 없다는 게 바율은 왠지 모르게 씁쓸했다.

"이만했으면 모두 잘 알아들었을 거라 여긴다. 다시는 오늘과 같은 일이 없게끔 주의하고 또 주의하도록!"

한없이 길기만 하던 반스 교수의 설교가 드디어 끝이 났다. 자신의 괜한 말에 원망하는 이들이 생기면 어쩌나 걱정했는데, 다행히 그런 느낌은 들지 않았다.

"자, 그럼 오늘 수업 시작하겠다. 라나사 델 보스트리지, 읽어 보겠나?"

반스 교수의 부름에 이제껏 미동조차 없던 라나사가 처음으로 움직였다. 조용히 자리에서 일어난 그녀가 차분한 음색으로 칠판에 적힌 가국어를 읽어 내려갔다.

얼음 여신이라는 별호에 걸맞게 목소리마저 서늘했다. 그러나 가국어 솜씨는 바울만큼이나 능란했다.

'기차에서는 무슨 일이었을까?'

지금의 그녀와는 너무도 다른 모습. 누구에게도 말할 생각 없지만, 설사 말한다고 해도 믿어 줄 것 같지도 않다. 도저히 상상이 안 될 테니까.

'라나사 델 보스트리지.'

그녀에겐 어떤 사정이 숨어 있을까. 어쩐지 자신의 상처에 라나사의 울음이 겹쳐지며 바울은 애꿎은 궁금증에 사로잡혔다.

Chapter 4.
향기를 맡다

1.

다음 수업은 역사 시간이었다. 강의실을 이동하기 위해 복도로 나가자 무수한 학생들의 시선이 다시금 쏟아졌다.

'교복이라도 입고 올걸.'

기숙사를 먼저 들르지 못한 것이 못내 후회스러웠다.

"난 기마 수업이 있어서 이만 가 봐야겠다. 라이는 바율과 같은 수업이지?"

"어, 오늘은 온종일 붙어 있을 예정이야."

그러니 안심해라. 에이단의 어깨를 두드리는 일라이의 표정이 딱 그랬다.

"바율, 이따가 식당에서 보자."

"응. 조심해, 에이단."

"조심하라니? 뭘?"

바율의 끝인사에 돌아서려던 에이단이 멈칫했다.

"기마 수업이라면 말 타는 거 아니야?"

"맞아. 가끔은 창도 들고 검도 들고 그러지."

"그러니까……."

"설마 너, 내가 말에서 떨어지기라도 할까 봐 그러는 거냐?"

바율에게 말이란 위험한 동물 중 하나였다. 승마를 못 하는 건 아니지만, 말 등에 올라탄다는 건 제법 용기가 필요하다. 그 높이도 높이거니와, 까딱 잘못해서 떨어지기라도 하는 날엔 말굽에 치여 다치거나 심하면 목숨을 잃을 수도 있다.

바율이 그렇다는 의미로 고개를 조심스럽게 끄덕이자 에이단이 인상을 팍 썼다.

"바율, 너 나를 너무 얕보는 거 아니냐? 내가 너보다 작다고 지금 무시하는 거지? 그치?"

"아냐, 무슨 그런……."

"네가 뭘 몰라서 그러는데, 이래 봬도 내가 우리 학년에서 실력으로 치면 10위 안에는 거뜬하게 들고도 남거든? 더욱이! 승마는 학년, 아니 전교에서 따라올 자가 없다고!"

"야야, 왜 예민하게 굴고 그래. 바율이 그냥 걱정돼서 한 말을 가지고. 승마라는 게 그렇잖아. 빨리 달리면 얼마나 무서운데. 그렇지, 바율?”

“으응, 내가 그래서 말을 잘 못 타거든…….”

일라이의 눈빛 신호에 바율은 재빨리 덧붙였다. 어째서 조심하란 말이 무시하는 투로 들린 건지는 알 수 없지만, 오해를 얼른 풀고 싶었다. 이러다 이제 막 사귄 친구를 잃는 것은 아닌지 덜컥 겁도 났다.

“…그래? 그게 정말이야?”

“말을 싫어하는 건 아닌데 승마는 좀 그렇더라고…….”

“말 무서워하는 사람이 어디 한둘이냐? 괜찮아, 괜찮아.”

기죽은 듯한 바율의 대답에 일라이가 등을 토닥이며 위로했다. 그러자 당황한 건 에이단이었다.

“그런 거라면 미안. 갑자기 무시당했던 기억이 떠올라서 나도 모르게 그만…….”

“에이단 이 녀석이 학기 초에 쪼그맣다고 엄청 놀림을 당했거든. 아직도 그 분이 안 풀려서 가끔 이래. 바율, 네가 이해해라.”

“미안해, 에이단. 괜한 말로 오해하게 만들어서.”

“아니야, 듣고 보니 네 입장에선 충분히 할 수 있는 말이었어. 이게 다 급한 내 성질머리 때문이지, 뭐. 내가 미안하다.”

"다음부터는 주의할게. 순간이나마 기분 나쁘게 해서 정말 미안해."

"아니라니까. 내가 성급했어. 나야말로……."

'훗.'

별것도 아닌 일로 서로 미안하다며 곤욕스러워하는 둘을 보고 있자니 일라이는 픽 웃음이 났다.

귀여운 녀석들이라니까.

"둘 다 이제 그만 좀 하지? 이러다 날 새겠다. 수업 종 치기 전에 빨리 움직여야 한다고."

"아차, 내 정신 좀 봐. 기마 도구 챙기려면 이럴 시간 없는데. 암튼 바율, 이따가 다시 만나자. 이 녀석이 또 무슨 활약을 하는지 라이 네가 잘 보았다가 얘기해 줘!"

"오냐. 어여 가라."

"…활약?"

의아해하는 바율의 어깨에 한쪽 팔을 두르며 일라이가 걷기 시작했다.

"그러게 누가 가국어를 그렇게 멋지게 해치우래? 아마 애들 기대치가 엄청 올라갔을 거다."

"난 내가 잘하는 거라고는 생각 못 했어. 그래서……."

"알아, 아까 보니 네가 제일 깜짝 놀란 것 같더라. 쿡쿡, 역사 수업이 기대되네. 대답 잘할 자신 있지? 로티어스 교수님은 질문을 많이 하는 편이시거든. 답을 못하면 답이 나올 때까지 물고 늘어지시는 게 특기시기도 하고."

질문이라면 처음 만난 순간 이미 받았다. 그게 그분의 특기인 줄은 몰랐지만.

"그래도 너무 겁먹지는 마. 재밌는 시간이 될 테니까."

일라이의 얼굴에 그림 같은 미소가 피었지만 바율은 같이 웃을 수가 없었다. 첫 수업은 어떻게 잘 넘겼지만, 다음 수업까지 그럴 자신은 없다. 게다가 로티어스 교수라니. 그와의 첫 만남을 떠올리면 수업이 어떨지 감히 상상도 안 된다.

'제발 내가 아는 질문이 나와야 할 텐데.'

강의실로 향하는 바율의 머릿속에 불안감이 스멀스멀 피어올랐다.

그러나 다행인지 불행인지, 바율을 맞이한 건 칠판에 적힌 '자율 학습'이란 네 글자였다. 주변에서 '아싸' 하며 신나 하는 소리가 연이어 들려왔다.

"또 땡땡이시네."

아쉬워하는 건 일라이가 유일했다. 그가 입술을 옹송그리며 툴툴댔다. 말투로 보아 종종 있는 일임이 분명했다.

'설마 아직까지 주무시는 건 아니겠지?'

바율의 설마가 현실이 되는 데에는 딱 일 초가 필요했다.

"보나 마나 주무시고 계시겠지. 흠, 총장님한테 들키면 안 되는데."

선생을 걱정하는 학생이라니, 뭔가 뒤바뀐 느낌이지만 묘하게 자연스럽다. 일라이에게서는 또래답지 않은 어른스러움이 문득문득 풍겼다.

"로티어스 교수님은 다 좋은데 아침잠이 많으신 게 문제야. 월요일 수업을 너무 빼먹으신다니까."

자율 학습을 하게 된 것이 일라이는 정말로 아쉬운 모양이었다. 다들 반기는 분위기인데 혼자서만 연신 불평을 늘어놓는 걸 보면.

핑계라고 하기엔 좀 어이가 없었지만, 자신 때문에 일찍 일어나 피곤하다던 로티어스 교수의 말이 생각났다. 그 말대로라면 본의 아니게 이 땡땡이에 일조를 한 셈이니 일라이에게 살짝 미안한 감이 든다.

한데 교수가 이렇게 맘대로 수업을 빼먹어도 되나? 학생들은 벌점이 부과되어 그것이 쌓이면 유급을 당할 수도 있다는데. 교수에게도 어떤 불이익이 있는 것은 아닐까?

의문이 들었지만, 뭐 바율이 알 바는 아니었다. 일단 지금은 질문에서 벗어날 수 있게 되었다는 사실이 기쁠 따름이었다.

댕댕!

수업 시작을 알리는 종이 울렸다. 흩어져 있던 아이들이 미적거리며 자리를 찾아 이동했다.

책이나 읽어야 하나 싶은 순간 드륵 문이 열리며 그가 들어왔다.

퀸이라고 했던가. 기이한 눈빛으로 자신을 바라보던 인어족 소년. 그의 등장에 바율은 저도 모르게 꿀꺽 침을 삼켰다.

"어이, 퀸!"

그때 일라이가 퀸을 향해 반갑게 소리쳤다.

바율은 몸이 들썩거릴 정도로 깜짝 놀랐다. 둘이 친한 사이인가? 이쪽으로 오면 어떡하지? 날 또 이상하게 쳐다보면 뭐라고 하나?

갑작스러운 상황에 바율의 맥박 속도가 빠르게 상승했다.

"……!"

하지만 그 모든 건 괜한 기우였다. 퀸이 모른 척 그냥 지나쳐 버린 것이다. 분명 부르는 소리를 들었을 텐데, 일라이에게 시선조차 주지 않고 강의실의 구석으로 가 앉았다.

'혹시 나 때문인가?'

"에이 씨, 비린내 풍기게 왜 여길 앉고 지랄이야!"

퀸의 주위는 거의가 빈자리였다. 그럼에도 두 칸이나 떨어져 앉아 있던 남학생 하나가 돌연 욕설을 뱉으며 일어나더니 더 먼 곳으로 자리를 옮겼다.

바율과 일라이의 얼굴이 동시에 굳어졌다. 광장에서도 그렇고, 저렇듯 대놓고 상대에게 불쾌함을 표시하는 게 바율로서는 놀랍기 그지없다.

종족이 다르다 하여 틀리지 않다 배웠다.

저들도 인간과 같은 사고를 할 수 있는 고등 생명체이고 감정을 지녔다. 인간과 달리 물속에서 숨 쉴 수 있는 능력까지 갖췄으니, 어쩌면 인간보다 훨씬 우월하다고도 할 수 있을 것이다.

인어족이라는 이유만으로 저런 수모를 당한다는 건 말이 안 된다. 서슴없이 잔인한 말을 내뱉는 아이들을 이해할 수 없는 한편, 무섭기도 하다. 더불어 무방비하게 당하고만 있는 퀸이 안쓰러웠다.

"그러게 이쪽으로 오면 될 것을, 왜 그리로 가서 욕을 먹나. 암튼 고집불통이라니까."

"그건 일라이 너도 마찬가지 아니야?"

불쑥 일라이 앞으로 여학생 한 명이 나타났다. 방긋방긋 웃는 모양새가 과할 정도로 부담스러운 소녀는 일라이에겐 연심을, 바율에겐 호기심을 완연하게 드러내고 있었다.

"그게 무슨 소리냐?"

내내 친절함을 유지하던 라이에게서 처음으로 퉁명스러운 대꾸가 흘러나왔다. 그럼에도 뭐가 그리 좋은지 소녀가 허리를 젖히며 까르르 웃음을 터뜨렸다.

“너도 고집불통이잖아. 큭큭, 나도 고집불통이고.”

“그러니까 내가 왜?”

“넌 퀸은 본 척도 안 하는데 매번 알은체하기. 나는 네가 관심도 안 주는데 매번 다가가 말 붙이기. 우리 너무 똑같지 않아? 이런 걸 보고 천생…….”

“연분 아니니까 그만하고 가서 앉아라. 편입생 오해할라.”

“그러고 보니 편입생한테 인사를 깜박했네. 안녕? 난 앨리스라고 해. 반가워.”

일라이의 말은 깡그리 무시한 채 소녀가 인사했다.

“으응, 난…….”

“알아, 바율이잖아. 란데르트 공작 전하의 아들. 네가 아카데미에 들어왔다는 소문이 오늘의 빅뉴스거든. 가국어를 엄청나게 잘한다며?”

그게 벌써 퍼졌단 말인가. 어쩐지 조금 낯부끄럽다.

“비결이 뭐야? 난 가국어 무지 어렵던데.”

“앨리스 너한테 쉬운 게 있기는 하냐?”

일라이답지 않은 말투가 이어졌다. 상황으로 보건대 앨리스는 일라이에게 마음이 있고, 일라이는 그런 앨리스가 귀찮고 싫은 게 분명했다.

“당연히 없지! 그러니까 일라이 네가 도와 달라니까?”

"라이라고 부르랬지."

"싫어. 내 맘이야."

일라이의 붉은 눈동자가 앨리스를 차갑게 쏘아봤다. 무심한 듯하면서도 섬뜩한 느낌이 드는 눈빛이었다.

"다, 다들 라이라고 하잖아. 나만 일라이라고 부르면 뭔가 특별한 것 같단 말이야."

잠시 주춤했으나 앨리스는 쉽게 포기하지 않았다.

"너 혼자 특별해서 뭐 하게? 착각도 지나치면 병 된다."

"일라이, 너야말로 나중에 후회하면 어쩌려고 그래? 열 번 찍어서 안 넘어가는 나무 없다고 우리 엄마가 그러셨거든!"

"내 나무는 끄떡없을걸. 워낙에 크고 단단해서 말이야. 그러니 괜한 기대 말고 마음 접어. 넌 내 취향 아니니까."

나름 정중한 거절이었으나 일라이의 표정은 무척 싸늘했다. 기차에서 마주쳤던 라나사의 얼굴이 떠오를 정도로.

그래서일까. 줄곧 웃기만 하던 앨리스의 안색이 딱딱해졌다.

"일라이, 너 정말 너무하는 거 아니니? 이쯤 했으면 그냥 받아 줘도 되잖아. 내가 어디가 어때서 그래?"

아이들이 쳐다보건 말건 상관없다는 듯 그녀의 목소리가 점차 높아졌다.

"난 가문도 훌륭하고, 이 정도면 미모도 어딜 가서 빠지는 편은 아니라고. 그에 비해 넌 뭐니? 고작 얼굴 하나 잘난 것뿐이잖아. 근본도 없는 집시 주제에 왜 그렇게 콧대가 높아?"

'집시?'

직접 용돈을 벌어 쓴다기에 귀족이 아닐 거라 짐작은 했지만, 집시라니 의외다.

집시는 일정한 거주 지역 없이 평생을 떠돌아다니는 민족이었다. 일을 하지 않으니 가난하고, 배운 게 없으니 삶의 변화가 없다. 보통 춤이나 노래, 점술 따위로 생계를 유지하는데, 수입이 부족할 경우엔 도둑질을 업으로 삼기도 한다.

성실한 모범생인 줄만 알았던 일라이가 집시 출신이라니 뜻밖이었다.

"그러게 말이다. 난 하찮은 집시일 뿐인데, 고명하신 집안의 따님께서 왜 이렇게 귀찮게 하실까? 혹시 시간이 남아도시나?"

"지금 나 비꼬는 거야?"

"그럴 리가. 엄한 데 힘 빼지 말고 다른 상대 알아보란 얘기야. 난 관심 없다고, 너."

"이익! 너 진짜 이렇게까지 날 비참하게 만들기야? 내가 저 비린내 나는 퀸보다 못난 게 뭔데? 다른 건 다 참겠는데, 나보다 퀸을 더 챙기는 건 용납 못 하겠거든!"

괜한 불똥이 퀸에게로 튀었다. 자존심에 큰 타격을 받은 듯 앨리스가 펄펄 뛰며 노발대발했다.

"말조심해라."

"무슨 말조심?"

앙칼지게 쏘아붙이는 앨리스를 냉랭히 바라보던 일라이가 갑자기 몸을 일으켰다.

"바율, 일어나라."

"…어?"

바율은 영문도 모른 채 일라이를 따라 일어섰다.

"저기로 옮기자."

그가 턱짓하는 곳엔 홀로 떨어져 앉아 있는 퀸이 있었다.

저리로 간다고?

갑자기 입술이 바짝 말랐다. 퀸과 이토록 빨리 대면하게 될 줄 몰랐기 때문이다.

'뭐라고 말을 붙이지? 날 왜 그렇게 쳐다봤냐고 물어볼까?'

고민하는 사이 어느덧 퀸의 곁에 다다랐다.

"여기 앉을까?"

일라이는 퀸의 바로 앞, 바율은 그 옆에 각기 앉게 되었다. 이 모든 사태가 자신과는 상관없다는 듯 고고한 자태를 유지하던 퀸이 처음으로 반응을 보였다. 눈썹이 꿈틀 움직인 것이다.

"비린내 나냐?"

"……?"

뜬금없는 질문에 바율의 눈이 동그래졌다.

"비린내 나느냐고. 난 아무 냄새도 안 나서 말이야."

'아, 이러려고…….'

바율은 그제야 일라이의 의도를 알아차렸다. 인어족이란 이유로 비린내가 난다는 등의 말도 안 되는 소리를 듣고 있는 퀸을 도와주고 싶은 것이리라.

어쩌면 이리도 에이단과 닮았을까. 학부가 다른 둘이 어떻게 친구가 될 수 있었는지 알 것 같았다.

바율은 용기를 내 뒤를 돌아보았다. 이제껏 도움만 받았으니 이제는 도움을 줄 차례였다. 난 혼자가 아니야. 할 수 있어!

'헙!'

하지만 퀸을 마주한 순간 바율은 돌연 숨이 턱 막혔다. 무슨 말을 해야 할지, 지금 느끼는 이 감정이 무엇인지 별안간 머릿속이 새하얬다.

왜 이런 기분이 드는 거지?

상대가 인간이 아니어서?

아니다.

그럼 미남이어서?

그랬다면 일라이를 보고 더 두근거렸어야 옳다. 퀸의 외모가 아무리 출중하다 해도 일라이의 화려함은 따라갈 수 없었다.

알 수 없는 심장의 떨림. 마치 자석에 이끌리듯 바율은 퀸에게서 눈을 떼기가 어려웠다.

"바율?"

"…어."

홀린 듯 퀸에게 시선을 고정한 채 바율은 간신히 대답했다. 그런 바율을 가느다란 눈초리로 바라보며 일라이가 다시 물었다.

"비린내 나는지 물었어."

"…으응. 나. 아주 진하게."

"그래, 그것 봐. 아무 냄새도 안…… 응? 뭐라고? 냄새가 난다고?"

끄덕.

난다. 냄새가. 아니, 향기라고 해야 하나?

어째서 이제야 이 향이 나는 건지는 모르겠다만, 달콤하면서도 청아한 향기가 퀸에게서 풍겼다. 자꾸만 맡고 싶을 정도로, 달려가 안기고 싶을 정도로 마음에 드는 향이었다.

"야! 너 뭐라는 거야. 퀸에게서 무슨 냄새가 난다고 그래!"

"이 향이 안 맡아져, 라이?"

"뭐?"

"이 청아한 향 말이야."

익숙함? 편안함? 뭐라 정의할 순 없지만, 심신이 안정되는 듯한 그런 기분이 나는 향이었다.

"쟤 뭐라니?"

"몰라, 미쳤나 봐. 무슨 냄새가 난다고 저래?"

아이들의 술렁임이 커졌다. 퀸에게서 비린내가 나지 않는다는 건 그들도 알고 있다. 그저 싫음을 표현하는 하나의 수단이었을 뿐이다.

그런데 난데없이 청아한 향이라니. 어찌 바율이 이상하게 보이지 않을 수 있겠는가.

하지만 제일 당황한 건 퀸이었다. 그의 얼굴은 하얗다 못해 파랗게 질려 있었다. 광장에서 바율을 처음 만났던 때와는 차원이 다른 놀람이었다.

'저 펜던트……!'

뒤늦게 바율의 목에 걸린 펜던트가 퀸의 눈을 사로잡았다. 무시무시한 충격과 파장이 그의 머리를 관통하며 지나갔다.

'어?'

그리고 바율은 보았다. 퀸의 빛나는 푸른색 머리칼이 점점 짙게 변하는 것을.

2.

뭐였지? 아까 내가 본 게?

식당으로 향하는 바율의 안색이 근심이라도 있는 사람처럼 어둡게 가라앉았다. 혼란스러웠다.

자신을 볼 때마다 놀라는 퀸.

그런 퀸에게서 나는 익숙한 향기.

남들은 맡지 못하지만 바율은 분명하게 느꼈다.

'언젠가 맡아 본 향이야.'

정확한 기억은 나지 않아도 확실했다.

'어쩌면 예전에 만났던 사이일지도…….'

그렇지 않다면 이 느낌이 설명되지 않는다. 아직도 오롯이 남아 있다. 모든 걸 내려놓고 편히 기대어도 될 것 같은 아득한 평온함. 바일이 떠난 후론 다시는 느낄 수 없던 감정이 퀸을 만나고 다시 생겨났다.

이상하지 않은가?

살면서 이제껏 후각이 예민하다 느껴 보질 못했는데, 아무도 맡지 못하는 냄새를 맡고, 그 향에서 위안을 얻다니. 누가 들으면 아마 미쳤다고 할 거다(이미 듣고 있었다).

무슨 냄새가 나냐고 닦달하던 일라이에게 가까스로 남아 있던 순발력을 끌어올려 얼버무리지 않았다면 겨우 사귄 친구 하나를 잃었을지도 모른다.

'튀는 행동은 자제해야 하는데…….'

되도록 조용히 아카데미 생활을 하고 싶었다. 이제 고작 첫날인데 그런 바람과는 전혀 다른 시작을 하고 있으니 문제라면 문제였다.

'그러고 보니 이 펜던트를 보고 놀랐지?'

펜던트를 만지작거리던 바윤은 문득 퀸의 마지막 눈빛이 떠올랐다. 뭐라 묻기도 전에 그가 강의실을 박차고 나가는 통에 인사는커녕 입도 벙긋 못 했다.

'왜 놀란 거지? 내 펜던트에 물귀신이라도 붙었나?'

이젠 이런 쓸데없는 생각까지 머릿속을 맴돈다.

퀸과 나.

우리 사이엔 뭐가 있는 걸까?

푸른색 천이 물에 젖으면 더 진해지듯이, 머리 색이 점점 짙게 변해 가던 퀸의 모습이 좀처럼 지워지지 않았다. 마치 뇌리에 각인이라도 된 것처럼.

'그건 뭐였을까? 단순한 인어족의 특성이었을까? 그렇다면 왜? 왜 그런 변화가 나를 보고 생긴 거지?'

의문이 꼬리에 꼬리를 물고 계속 증폭되었다.

"저기, 바율. 아까 들었지?"

"…어? 뭐라고?"

어느덧 걷다 보니 식당에 도착했다. 일라이를 따라 길게 늘어선 학생들 뒤로 줄을 서며, 바율은 현실로 돌아왔다.

"내 출신에 대해 말이야."

'아, 그거…….'

차마 입으로 뱉을 수 없어 바율은 고개만 끄덕였다. 바율에겐 전혀 상관없는 문제였지만, 당사자인 일라이는 집시란 말 자체를 싫어할 수도 있기 때문이다.

"맞아, 앨리스 말이. 난 근본 없는 집시 출신이야."

"라이, 그렇게까지……."

"하지만 난 당당해! 집시가 뭐 나쁜가? 조금 다르게 살아갈 뿐 똑같은 인간이잖아."

"그럼."

바율은 격하게 공감했다. 인어족이든 집시든 바율에겐 다 똑같은 생명이고 인격체였다. 풀이 죽으면 어쩌나 걱정했던 게 우스울 정도로 아무렇지도 않은 일라이를 보니 다행스러운 한편, 대단하게 느껴졌다.

"그리고 난 아카데미에 어엿하게 시험 봐서 들어온 몸이야. 누구처럼 추천으로 쉽게 들어오지 않았다고."

"그, 그래?"

바율은 뜨끔했다. 그 누구가 바로 자신이었기 때문이다.

"나름 이름 좀 있다 하는 가문의 자식들은 대부분 추천제로 입학하거든. 그게 우리 같은 인간들에게 얼마나 열 받는 일인 줄 알아?"

"…어째서?"

"생각을 해 봐. 아카데미 정원은 정해져 있는데, 부모 잘 만난 덕분에 실력도 없는 놈들이 우르르 입학하면 남은 자리가 몇 개나 되겠냐?"

"아……."

"그 몇 개 안 되는 자리 가지고 우리는 피 터지게 겨뤄야 한다고. 뭔가 불공평하지 않아?"

"그러네……."

거기까진 미처 생각하지 못했다. 애초에 바율에겐 선택권 자체가 없었지만, 그의 말처럼 너무 쉽게 아카데미에 들어왔다.

에이단처럼 특별한 재능이 있는 것도 아니고, 일라이처럼 시험을 쳐서 당당히 합격한 것도 아닌, 순전히 이름난 가문 덕분인 것이다.

어쩐지 조금 창피한 기분이 든다. 남들은 들어오고 싶어도 못 들어오는 곳을 아버지의 힘으로 들어와 놓고, 정작 어떻게 하면 벗어날 수 있을까 궁리만 했던 지난 시간이 부끄러웠다.

"참, 바율 너도 추천제로 들어왔지? 편입생이 들어올 수 있는 방법은 그것뿐이니까."

"으응."

"오해는 마라. 너 들으라고 한 소리 아니니까. 내가 볼 때 넌 충분히 자격 있어."

"자격은 무슨. 날 추천했다는 사람 얼굴도 본 적 없는걸."

"아니야, 너 오늘 보니 가국어 실력도 엄청나고 머리도 꽤 좋은 것 같더라. 인간성도 나쁘지 않은 것 같고. 넌 꼭 대성할 거야. 내 촉이 그래!"

"촉?"

"느낌 말이야. 이래 봬도 내 촉이 꽤 쓸 만하거든? 두고 봐. 언젠가 오늘을 기억하며 날 대단하다 여길 테니!"

미안해서 하는 말치고는 너무 진심 같아서 바율은 정말 그렇게 될 거라 믿을 뻔했다. 불과 어제까지 무사히 졸업만 해도 감지덕지라 여겼던 자신인데 말이다.

'이럴 땐 웃으면서 넘어가 주는 게 맞겠지.'

그럴 일은 없겠다만, 만약 정말 그러한 순간이 온다면 일라이의 말마따나 오늘을 떠올리게 될 것이다. 빈말일지라도 고마웠다.

"그 느낌이 맞았으면 좋겠다."

"당연히 맞지! 같은 추천제로 들어왔어도 저런 놈들보다 네가 백배는 낫다고. 그러니 내가 한 말 마음에 담아 두지 마. 알겠지?"

일라이의 인상 쓴 표정이 향하는 곳엔 이제 막 식당으로 들어서는 자레드 패거리가 있었다. 그들의 경로에 따라 아이들이 슬금슬금 피하는 게 느껴졌다.

"뭐냐, 저 자식? 왜 이쪽으로 온대?"

식당에 왔으면 식사를 하는 게 정상이고, 그러려면 줄을 서야 했다. 그런데 그들은 줄을 지나쳐 곧장 이곳으로 오고 있다. 새치기를 하려나 싶었지만, 그러기엔 유난히 눈빛이 거슬렸다. 연신 히죽거리는 입 모양도.

"훗, 네가 바율인가?"

예상대로 그들의 용건은 바율이었다. 퀸에게 장난질을 치느라 오늘의 주요 인물인 바율을 이제야 만나게 된 것이다. 짝다리를 짚고 팔짱을 낀 채 바율을 위아래로 훑어보는 자세가 거만하기 짝이 없었다.

'이름이 자레드 번 헥터라고 했던가?'

동갑내기치고는 제법 큰 키에 다부진 체격, 외모도 꽤 준

수한 편이었다. 다만 남을 내려다보는 듯한 불쾌한 시선 하며 비음 섞인 비딱한 말투, 조롱 어린 입매 등은 그가 결코 좋은 인성을 갖추지 못했음을 보여 주었다.

"왜 대답이 없지? 벙어리란 얘기는 못 들었는데?"

자레드의 이죽거림에 키득키득 웃는 소리가 들려왔다. 마치 짜 놓은 각본 같았다. 내가 여기서 이렇게 말하면 너희는 한껏 비웃는 거야. 뭐, 이런 느낌?

"안녕."

말을 섞는 것 자체가 거북했지만 무시하기는 이미 늦었다. 식사 중이던 아이들은 물론이고, 줄을 선 학생들, 식판에 음식을 담고 있던 아이들까지 전부가 약속이라도 한 듯 이쪽을 주시하고 있었다.

그럴 만도 한 게 공작가 대 공작가의 만남이었다. 학생이라면 누구나 평등하다는 게 아카데미의 교칙이지만, 애초에 귀족과 평민으로 구별되는 계급 사회에서 살아가는 아이들이었다.

자연스레 학생들 간에도 알게 모르게 계급이 형성되었다. 그 기준은 당연히 그들의 배경, 즉 가문의 세도에 따라 갈렸다.

자레드는 요즘 한창 권세가 하늘을 찌르는 헥터 공작가의 장남이고, 바율은 감히 황제조차 하대하지 못한다는 대

란데르트 공작가의 유일한 아들이었다. 관심이 쏠리는 것은 당연지사다.

둘 중에 누가 우위적 기세를 차지할 것인가. 모두가 숨죽이고 그들을 지켜보았다.

“인사가 많이 짧네?”

마땅히 할 말이 없어 바율은 잠자코 있었다. 그러자 그걸 무시당했다고 여겼는지 자레드의 음성이 날카롭게 변했다.

“아우, 나 또 씹힌 거야? 이거 처음부터 너무하는데?”

“아, 내가 좀 당황을 해서…… 이렇게 찾아올 줄 몰랐거든.”

“그러니까. 네가 먼저 찾아왔으면 좀 좋아?”

“…내가?”

“그래! 우리 같은 사람들이 아무하고나 어울리면 되겠어? 급이 맞아야지.”

“급이라니?”

바율이 되묻자 자레드가 끌끌 혀를 차 댔다.

“이런, 이런. 순둥이란 소리는 익히 들어 알고 있었지만 이건 좀 심하잖아. 너 순진한 거냐, 멍청한 거냐?”

순둥이? 이건 또 무슨 소리지?

바율은 갑작스레 나타나서 이상한 말만을 내뱉는 자레드가 진정 이해가 안 갔다.

"쯧쯧, 앞으로 가르쳐 줘야 할 게 한두 가지가 아니겠어."

"한두 가지? 웃기고 있네. 네가 못된 짓 말고 가르쳐 줄 게 있기는 하고?"

"에이단!"

차가운 음성의 주인공은 에이단이었다. 녀석이 세상에서 제일 한심하다는 듯한 눈빛으로 자레드를 흘겨보며 바율의 옆에 와 섰다.

"안녕, 친구들. 내가 좀 늦었지?"

"뭐야? 또 너냐?"

"그래, 나다. 왜, 반갑냐?"

에이단의 이죽거림에 자레드의 얼굴이 있는 대로 구겨졌다. 바율은 몰랐지만, 요즘 자레드의 심기를 가장 긁는 존재가 바로 에이단이었다.

한 주먹 거리도 안 되게 생긴 주제에 사사건건 나타나 훼방을 놓는 통에 여간 짜증 나는 게 아니었다.

"멀쩡한 애 물들이지 말고 요상한 짓거리는 너희끼리나 가서 해라. 물론 얌전히 지내 주면 더 좋겠다만, 그건 불가능할 거잖아. 그치?"

"말조심하라고 내가 경고했을 텐데."

"내가 정신 좀 차리라고 했던 건 기억나나?"

"이 새끼가 지금 누구 보고!"

"그만!"

패거리 중 한 명이 에이단에게 달려들려고 하는 걸 자레드가 손을 들어 저지했다.

"어린놈이 재주 하나 믿고 입학하더니 눈에 뵈는 게 없나 보군. 오냐 오냐 봐주니까 패기가 아주 하늘로 승천하겠어."

"봐주는 거였어? 난 그래 달라고 한 적 없는데."

"알아볼 게 있어서 좀 두고 보는 중이랄까?"

비릿한 미소가 자레드의 입가에 걸렸다. 에이단을 노려보는 그의 눈빛이 의미심장하게 빛났다.

"그러니 기다려 봐. 곧 제대로 손봐 줄 날이 올 거니까."

"뭘 알아보려는지는 모르겠지만, 얼마든지. 도전이라면 늘 환영이야."

티끌만큼도 무섭지 않다. 자레드는 에이단이 가장 경멸하는 부류의 인간이었다. 그런 상대에게는 절대 지기 싫었다.

"그쪽에 계속 있을 거야?"

자레드의 관심이 다시 바율에게로 돌아왔다.

"내가 급에 맞게 어울리라고 했잖아. 거기 그런 상대가 있다고 생각해?"

"무슨……?"

"너 정도면 나하고 있어야 그림이 좀 맞지. 한 놈은 천박한 집시 출신에다가, 다른 한 놈은 머리통에 새를 얹고 다니는 정신 나간 가난뱅인데, 이게 말이 되냐? 저런 녀석들이 너와 어울리겠어? 란데르트 공작 전하께서 이 소식을 전해 들으시면 아마 기함을 하실 거다. 우리 멤버로 특별히 끼워 줄 테니까 이리로 오는 게 어때?"

자레드의 제안을 듣고 나서야 바율은 비로소 '급'에 대해 이해했다. 지금까지의 행동 등으로 보아 어떤 성정일지 대충 짐작은 했다만, 생각보다 훨씬 심각한 수준이다.

벌써부터 귀족이라는 특권 의식에 사로잡혀 차등을 두고 사람을 대하다니. 바율에겐 상상도 못 할 일이었다.

소원한 부자지간이지만 바율이 아버지에게 제대로 배운 것이 있다면, 상대가 누구든 사람을 함부로 여기지 말라는 것이었다. 자부심을 느낄 순 있어도, 스스로를 특별하다 여기며 자만하는 것은 옳지 않다고 말씀하셨다.

"뭐야, 설마 그사이 정이라도 든 거야?"

바율이 답을 않자 자레드가 놀란 척 어깨를 들썩였다.

"아니면 아부를 엄청 떨었나? 너희들, 대체 얘를 어떻게 구워삶은 거냐? 나도 비법 좀 알려 주라. 써먹게."

"알려 줘도 소용없을 거야."

"뭐?"

차분한 음색을 발한 건 바율이었다. 이제껏 짧게 반문만 하던 그가 반격하듯 입을 열었다.

"넌 이해하지 못할 테니까."

"무슨 뜻이냐?"

자레드의 눈매가 좁아졌다.

"너희에겐 없는 게 에이단과 라이에게는 있거든."

"그러니까 그게 뭔데?"

"진심."

"뭔 심?"

"진심이 없는 관계는 오래가지 못해. 언젠가 끝이 오기 마련이지."

"뭔 대답을 그렇게 빙빙 꽈? 그래서 결론이 뭐야?"

좋으면 좋다, 싫으면 싫다고 하면 될 것을 가지고 뭐 그리 복잡하게 말하는지. 자레드는 치미는 짜증을 겨우 억눌렀다.

"끝이 보이는 곳엔 들어가고 싶지 않아서. 고맙지만 네 제안은 사양할게."

결국 싫다는 거였어?

자레드의 표정이 미묘하게 일그러졌다. 당연히 받아들일 거라 예상하고 일부러 손수 찾아와 선심을 썼는데, 보란 듯이 까였다. 그것도 모두가 지켜보는 앞에서.

"후회할 텐데. 난 절대 두 번은 안 권하거든."

"후회 안 해."

"그래?"

'내가 그렇게 만들 텐데?'

자레드의 서늘한 미소 속에 속마음이 그대로 드러났다. 겁이 안 난다면 거짓말일 것이다. 에이단과 일라이를 함부로 여기는 자레드에게 순간 화가 나 대적하긴 했지만, 바율의 심장은 아까부터 계속 두방망이질 치고 있었다.

그런 바율의 마음을 알아채기라도 한 듯 부드러운 손길이 양어깨에서 느껴졌다.

'괜찮아. 우리가 있잖아.'

에이단과 일라이다. 말은 없지만 둘의 눈빛이 그러했다. 너는 혼자가 아니라고, 셋이 함께라고. 자기들만 믿으라는 듯 환하게 웃으며 눈동자를 빛낸다.

'고마워.'

숨이 편안해졌다. 겁도 사라졌다. 여전히 눈에 힘을 준 채 자신을 노려보고 있는 자레드의 얼굴을 곧은 시선으로 응시했다.

"그것참 안타깝네. 굴러온 복을 알아보지도 못하고 차버리다니 말이야."

"복이 아니라 화겠지. 말은 똑바로 하자, 우리."

“훗, 땅꼬마. 내가 뭐 하나 알려 줄까?”

갑자기 생각났다는 듯 자레드가 에이단을 향해 과장되게 몸을 숙였다.

“네 친구 말인데, 몸이 정상이 아니야. 딱 봐도 연약해 보이지? 듣자 하니 픽픽 쓰러지는 게 특기라고 하더라.”

“…쓰러져?”

“사실 이제 와서 하는 말인데, 내가 그런 것 좀 도와주려고 한 거거든. 불쌍하잖아. 얼마나 힘들겠어? 원인도 모르는 병에 걸렸는데.”

바보가 아닌 이상 알 수 있었다. 자레드가 의도적으로 큰 목소리를 내고 있음을.

“그러니까 잘 챙겨 줘. 나보다 너희가 좋다잖아. 귀찮다고 막 버리면 안 된다?”

바율이 환자라는 사실을 알리고 싶었다면 대성공이었다. 근처에서 시작된 수군거림이 식당 전체로 번지기까지는 그리 오랜 시간이 걸리지 않았다. 바율을 향했던 호기심과 궁금증이 동정과 연민으로 바뀌는 것은 순식간이었다.

Chapter 5.
룸메이트의 정체

1.

오후 4시쯤 되자 모든 수업이 끝났다. 시간이 어떻게 흘러갔는지 모를 정도로 빠르게 하루가 지난 느낌이다. 식당에서의 사건 이후로 일라이와 에이단이 왠지 눈치를 보는 것 같아 마음이 불편했지만, 바율은 괜찮은 척 웃으며 잘 견뎌 냈다.

그들은 병에 대해서 궁금할 만도 한데 아무것도 묻지 않았다. 그저 갑자기 쓰러지면 어쩌나 걱정하는 기색이랄까. 바율이 언제 어떻게 쓰러지든 둘러업고 신전으로 달려갈 수 있도록 만반의 태세를 준비하는 것 같기도 했다.

그 점이 바율은 정말 고마웠다. 둘은 오늘 처음 만난 자신을 마치 십년지기 친구라도 대하는 듯했다.

대체 이게 무슨 행운인가 싶기도 하다. 첫날부터 이런 좋은 친구를 하나도 아니고 둘이나 사귀다니 말이다.

'바일, 내게도 드디어 친구가 생겼어.'

형이 살아 있었다면 자랑이라도 하고 싶었다. 무척 기뻐해 주었을 텐데. 다시 혼자가 될까 봐 겁도 나긴 하지만, 당장은 친구란 존재가 든든하게만 느껴졌다.

'지금이라도 얘기할까?'

묻지를 않으니 바율도 병에 대해 말할 기회를 찾지 못했다. 마음 같아서는 생각하는 것처럼 그렇게 심각하지 않다고, 꾸준히 치료받고 있으니 염려하지 않아도 된다고 안심시켜 주고 싶었다.

그러나 한참 지난 이제야 말을 꺼내자니 왠지 더 어색해질까 봐 입이 쉽게 열리지 않았다.

"어, 에이단. 이따가 봐."

결국 기숙사가 다른 에이단과 헤어질 때까지 바율은 기회를 잡지 못하고 나중에 보자는 인사를 해야만 했다.

'언젠가 말할 기회가 있겠지.'

"자, 그럼 이제 우리 둘만 남았나?"

일라이가 갑자기 걸음을 멈춰 세웠다.

"첫날을 무사히 마친 소감이 어때?"

"그냥 뭐…… 다사다난한 느낌?"

"일이 좀 많긴 했지?"

평범한 집안의 학생이 들어와도 시끌벅적할 곳에 무성한 소문의 주인공이 등장했으니 오죽하겠는가. 첫날이니 이 정도로 끝났지, 아마 당분간은 계속 여러 일이 벌어질 것이다. 몸도 약한 녀석이 그걸 잘 버텨 낼 수 있을지 일라이는 내심 걱정이었다.

"그래도 잘했어. 아까 보니 자레드 놈도 잘 상대하던걸? 그렇게만 지내면 곧 잠잠해질 거야. 신고식 대신이라고 생각해."

"신고식?"

"응, 들어 봤지? 캐링스턴엔 대대로 신입생이 들어오면 선배들이 신고식을 열거든. 넌 편입생이니 아마 그냥 넘어갈 거야."

"그거 왠지 재미있을 것 같은데?"

"글쎄다. 네가 그걸 겪으면 과연 그런 말이 나올까?"

개인적으로는 매우 흥미로운 시간이었지만 바율에게는 그다지 추천해 주고 싶지 않았다. 몸도 온전치 않은 녀석이 신고식 도중 잘못되기라도 하면 큰일이지 않은가. 그러한 일은 미연에 방지하는 게 옳았다.

"어떻길래 그래? 궁금하다."

"그건 나중에 얘기해 줄게. 지금은 일단 기숙사에 가 봐야지. 설명할 테니 잘 들어."

일라이가 길잡이로서의 본분으로 돌아가 성의 꼭대기에서 나란히 펄럭이고 있는 깃발 세 개를 가리키며 말했다.

"저 깃발을 잘 봐. 모양이 다 다르지?"

사각형의 깃발은 각기 색도 다르고 그려진 그림도 달랐다. 너무나 확연해서 굳이 따로 설명을 들을 필요조차 없었다.

"가운데 걸린 게 스톤 라이언이구나? 맞지?"

"그래, 포효하는 사자가 인상 깊지?"

"응, 멋있다."

어두운 노란색 바탕에 머리를 높게 쳐들고 포효하는 회색의 사자. 그저 깃발일 뿐인데 바율은 그 속에서 강한 용맹함을 느낄 수 있었다.

"왼쪽은 블랙팔콘이야. 빠른 속도와 날카로움의 상징이지."

녹색 바탕에 낙하하는 검은 매.

'로건은 잘 지내고 있을까?'

유독 새카맣던 녀석의 머리칼 때문일까. 바율은 뜬금없이 옛 친구가 떠올랐다.

로건은 바율과 바일이 어린 시절 거의 형제처럼 지내던 유일한 친구였다. 바일이 사고로 죽던 그 날에도 셋은 함께 있었다.

하지만 그 이후로는 단 한 번도 본 적이 없다. 씩씩하고 당찬 성격에 무예까지 능했던 녀석을 아버지도 참 많이 예뻐하셨는데.

작년까지만 해도 바율은 이따금 그에게 편지를 보내곤 했었다. 답장은 없었지만 말이다.

쌍둥이라는 건 이럴 때 참 서글프다. 존재만으로도 남들에게 슬픈 기억을 떠올리게 하니까.

'내가 이렇게 생기고 싶어서 생긴 건 아닌데…….'

반쪽과도 같은 형이 죽던 날 바율은 아버지뿐 아니라, 형제처럼 지내던 친구마저 잃었다. 모든 건 그의 잘못이기에 누구를 탓할 수도 원망할 수도 없지만 가끔은 원통해서, 답답해서 소리치고 싶을 때가 있다.

나도 그러고 싶어서 그런 건 아니라고.

누구보다 힘든 건 자신이라고.

그러니 제발 나 좀 돌아봐 달라고.

차마 입 밖으로 뱉을 수 없는 말들이 목구멍까지 차올라 바율을 무너뜨리곤 했다.

"마지막으로 에이단의 기숙사, 터틀킹이야. 푸른 바다에 떠 있는 황갈색 거북. 머리에 쓰고 있는 왕관이 좀 멋지지 않냐?"

"…어, 그러네."

잠깐 옛 기억에 사로잡혀 있던 바율은 서둘러 현실로 복귀했다. 지금은 그런 생각을 할 때가 아니었다. 일부러 시간을 내 설명하고 있는데 집중하는 게 예의였다.

"왕관에 특별한 의미라도 있는 거야?"

"아니."

일라이가 고개를 저으며 마저 설명했다.

"뭔가 밋밋하잖아. 한쪽은 사자, 또 한쪽은 매인데 거북이가 뭐냐, 거북이가. 내 생각인데 초대 터틀킹 학생들이 뭔가 불만이 많았을 거야. 그래서 진정시키고자 왕관을 넣은 거지."

"아하."

"거북이가 느릿느릿하잖아? 그래선지 저쪽 기숙사는 분위기가 되게 여유롭더라고. 그건 좀 마음에 들더라. 기숙사가 지하에 있다는 게 단점이지만."

"지하?"

"응, 터틀킹에 가려면 지하 깊숙이 내려가야 해. 뭐, 절벽과 맞닿아 있어서 지하래도 해가 아예 안 비치는 건 아니야. 일출을 아주 제대로 감상할 수 있지. 절벽 아래 수로랑 연결되어 있어서, 기숙사 밖으로 몰래 빠져나가기는 최고의 입지적 조건도 갖췄어."

"수로라면 배를 이용해서 나간단 말이야?"

"그렇다니깐? 반대로 블랙팔콘은 성의 꼭대기라서 남몰래 빠져나가기가 좀 힘들지. 가끔 성벽이나 지붕을 타고 도망치는 애들이 있긴 한데 떨어져서 다치는 경우가 대다수래. 참, 걔들은 취미가 난간에서 술 파티 벌이는 거라더라. 꼭대기에서 살다 보니 겁이 사라졌나 봐."

"우리는? 스톤 라이언은 어때?"

"우리? 음, 뭐라고 해야 할까. 일단 몰래 빠져나가는 건 제일 간편하긴 해. 그 뒤가 문제지."

"뒤가 왜?"

"기숙사 뒷문으로 나가면 마주하는 게 바로 타락의 숲이거든."

타락의 숲?

왠지 일라이의 표정이 심상치 않은 게 바울은 오싹 소름이 끼쳤다.

"이름부터가 무시무시하지?"

끄덕끄덕.

"타락의 숲도 아카데미 부지이기는 한데 가는 사람은 거의 없어. 한낮에도 깜깜하고 음침한 곳이라 귀신 나오기 딱 좋거든. 게다가 위험한 동물과 몬스터들이 득실득실하단 소문도 있어서."

"…정말이야?"

바율이 겁먹은 목소리로 묻자 일라이가 안심하라는 듯 미소 지었다.

"몬스터라면 걱정 마. 마법으로 결계를 쳐 놔서 아카데미 내로는 침범할 수 없거든. 반대로 우리가 숲으로 들어갈 수는 있어. 가끔 수업을 하기도 하지."

"그런 데서 수업을 해?"

"거기에서만 자라는 약초가 있거든. 약초학은 마법학부에서 깊게 다루긴 하지만, 교양 과목에 포함되어 있기도 해. 너도 한 번은 가 봐야 할 거야."

"라이는 혹시 가 봤어?"

"아니, 아직. 왜 관심 있어?"

그럴 리가. 재주라고는 책 읽기와 가국어(오늘부터)가 다인 바율에게 타락의 숲은 너무 위험한 곳이었다. 수업 때문이 아니라면 절대 들어갈 일 없을 것이다.

"암튼 그래서 우리 스톤 라이언이 밤에 몰래 빠져나가려면 터틀킹의 도움을 받는 게 가장 유리해. 고로 웬만하면 그놈과 좋은 유대 관계를 유지하려고 하지."

"그래서 에이단과……."

"에이, 그건 아니야. 이래 봬도 난 모범생이라고, 바율. 내가 밤에 몰래 기숙사를 빠져나갈 일이 있을 거 같아?"

"하긴, 그렇겠다."

"얼른 따라와. 저녁 식사 전까지 짐 정리하려면 시간 부족할 거야. 서둘러."

기숙사에 대한 대략적인 설명을 마친 일라이가 바율의 손을 잡아끌었다. 긴 복도를 지나 계단을 타고 삼 층으로 오르자 똑같이 생긴 방문이 여러 개 나타났다.

"저기, 맨 끝의 방 보이지? 저기가 네 방이야. 난 한 층 더 올라가야 하고."

"같은 층이 아니구나……."

"아쉽지만 그래. 그래도 뭐 내가 자주 내려오면 되니깐."

'라이와 같은 방을 썼더라면 좋았을 텐데.'

바율은 내심 아쉬웠다.

"여기까지 데려다줬으니 난 그만 가도 되겠지?"

"고마워, 라이. 온종일 나 때문에 고생 많았어."

"고생은 무슨. 들어가서 어서 짐 정리하고 씻어. 이따 식당에서 보자."

짐 정리고 뭐고 일단은 쉬고 싶은 마음이 간절했으나, 바율은 그러겠노라 대답하고 손을 흔들었다.

기숙사는 복도를 중앙으로 양측에 방문이 일정한 규칙으로 나 있었다. 문을 열어 놓은 방도 있는 반면, 문밖에 '절대 출입 금지'란 팻말을 써 붙여 놓은 방도 있었다.

그 사이를 긴장하며 걸어가던 바율은 문득 한 가지 중요한 사실을 깨달았다.

근데 내 룸메이트는 누구지?

홀로 외롭게 방을 쓰는 학생이란 게 바율이 아는 전부였다. 일라이에게 물어본다는 걸 다른 설명을 듣느라 완전히 잊고 있었다.

"후우."

상대를 모르니 왠지 더 긴장된다. 방문 앞에서 크게 심호흡을 한 뒤 바율은 용기 내어 문고리를 돌렸다.

'얼굴을 보면 반갑게 인사하는 거야. 잘 지내보자고 하면 되겠지?'

바율은 지을 수 있는 한 가장 상냥한 표정을 지었다.

"안녕! 난 오늘……?"

호기롭게 들어선 것과 달리 룸메이트의 모습은 보이지 않았다. '아직 안 왔나?' 란 생각이 든 순간 실내 안쪽에서 물소리가 들렸다. 욕실에서 씻고 있는 모양이었다.

'나오다가 괜히 날 보고 놀라면 어쩌지? 첫인상이 좋아야 하는데.'

"어라? 근데 이 냄새는……!"

긴장한 탓에 실내에 맴도는 향기의 정체를 이제야 알아차렸다.

'설마.'

그때 욕실 문이 열리며 그가 걸어 나왔다.

푸른 장발에 지느러미 귀를 가진 소년. 바로 퀸이었다.

2.

왜 짐작하지 못했을까. 비린내가 난다며 모두가 기피하는 대상이다. 학년 중 유일하게 혼자 방을 쓴다고 했을 때부터 눈치챘어야 했다. 이렇게 둔해서야.

"아, 안녕?"

심장은 쪼그라들었지만, 다행히 입은 멀쩡했다. 바율은 떨리는 심정을 애써 진정시키며 간신히 인사를 건넸다.

휙!

그러나 강의실에서와 마찬가지로 퀸은 매몰찼다. 마치 바율이 보이지 않기라도 하듯 코앞을 쓱 지나쳐 갔다. 졸지에 투명 인간이 되어 버렸지만 바율은 보았다. 퀸의 시선이 또다시 펜던트에 와 꽂혔음을.

'분명 이걸 신경 쓰고 있어.'

이 펜던트가 대체 뭐길래?

호기심이 때로는 두려움을 잊게 한다고 했던가. 바율은

자신도 모르게 퀸을 향해 다가갔다.

"저기, 알고 있는지 모르겠지만 난 바율이라고 해. 오늘 행정학부 1학년으로 편입한. 네 이름은 퀸이지?"

"……."

"라이한테서 들었어. 인어국에서 왔다며?"

바보 같은 질문이 아닐 수 없었다. 인어족이 인어국이 아니면 어디에서 온단 말인가. 아무 말이나 해야 할 것 같은 압박감에 바율은 자신이 이상한 소리를 내뱉고 있다는 것도 자각하지 못했다.

"난 해밀턴에서 왔어. 여기서 북쪽으로 한참을 가야 나오는 곳인데, 혹시 들어 봤어?"

무시로 일관하려 작정을 했는지 퀸이 책상에 앉으며 책을 하나 꺼내 들었다.

대륙의 십년전쟁.

바율이 좋아하는 책이었다.

"그거 나도 읽었는데."

그래서?

탁, 소리 나게 책을 펼치는 퀸의 태도가 꼭 그러했다. 바율에겐 일말의 관심도 없다는 듯 정자세로 앉아 책을 읽기 시작했다.

이쯤 되자 바율도 더는 말을 붙이기가 그랬다. 민망함도 민망함이지만, 원래가 바율은 말이 많은 편이 아니었다. 대꾸조차 없는 상대에게 계속 말을 시킨다는 건 바율 같은 타입에겐 굉장히 어려운 일이다.

'세 번째 친구를 사귀고 싶었는데…….'

그 친구가 당연히 룸메이트일 거라고 생각했었다. 매일 아침 같이 눈을 뜨고, 밤에는 함께 잠을 자야 하는 사이다. 이런 관계가 쭉 지속된다면 그야말로 끔찍한 하루의 시작과 끝인 것이다.

일라이처럼 계속 노력은 해 보겠지만 바율은 왠지 벌써부터 자신이 없었다.

'응?'

씁쓸한 기분으로 돌아서던 바율의 눈에 지금껏 의식하지 못했던 반지가 보인 것은 그때였다. 퀸의 오른쪽 두 번째 손가락. 그곳에 익숙하다면 익숙한 반지가 끼어 있었다.

"그거 블루 다이아몬드 맞지?"

퀸의 눈동자만큼이나 투명하고 아름답게 빛나는 푸른 빛깔의 보석. 부르는 게 값이라는 말이 있을 정도로 귀해 귀금속 상인들조차도 평생 한 번 볼까 말까 한다는 희귀한 보물. 놀랍게도 바율은 그것을 지금 두 번째로 맞이하고 있었다.

"나 그거랑 똑같은 거 본 적 있거든. 모양이 특이해서 기억해. 반지에 새겨진 무늬 하며, 다각형의 모양이 진짜 똑……!"

무심코 말을 뱉던 바율은 깜짝 놀라 뒤로 한 걸음 물러났다. 언제부터인지 모르나 퀸이 무서운 표정으로 자신을 노려보고 있었기 때문이다.

"퀴, 퀸?"

그가 손에서 책을 내려놓더니 서서히 몸을 일으켰다.

이렇게 키가 컸던가?

이전과는 다른 위압감에 바율은 또 한 걸음 뒤로 물러섰다.

"저, 저기……."

"어디야?"

"…어?"

"그 반지. 그 반지 어디서 봤느냐고!"

쏴아아앙!

바람이 불었다. 창문은 굳게 닫혀 있는데 별안간 방 안에 알 수 없는 기류가 생겨났다. 아니, 알 것 같다. 이 바람의 진원지를.

'퀸……!'

먹이를 노리는 맹수의 눈빛이 저러할까. 잡아먹을 것만 같은 퀸의 시선에 바율은 아무 대답도 하지 못하고 흠칫 몸을 떨었다.

"대답해!"

퀸의 머리 색이 또다시 짙게 변했다. 그의 긴 머리칼이 마치 살아 있듯 너울거린다.

감정 기복에 따른 변화일까?

퀸의 돌변에 처음엔 덜컥 겁이 났지만, 바율은 이내 그럴 필요가 없다는 걸 깨달았다. 그는 단지 흥분했을 뿐이었다. 이유까진 알 수 없지만 바율을 해코지할 의사는 없어 보였다.

"…집."

일단 퀸을 진정시키기 위해 바율은 최대한 빠르게 덧붙였다.

"우리 집에서 봤어."

"…이 반지가 너희 집에 있다고?"

퀸의 표정이 믿을 수 없다는 듯 일그러졌다. 하긴 그럴 만도 하다. 무려 블루 다이아몬드니까. 하지만 바율의 말은 사실이었다.

"어머니 반지야. 늘 손가락에 끼고 계셨어."

"네 어머니는 널 낳다가 돌아가셨다고 들었는데?"

퀸의 눈이 의심으로 가늘어졌다.

"너도 들었구나?"

그런 소식에는 관심도 없을 줄 알았는데 의외였다.

"말해."

요점에서 벗어나지 말라는 듯 퀸이 경고했다.

"당연히 난 실제로 보지는 못했어. 어머니의 얼굴도 초상화로만 봤는걸. 반지도 마찬가지야. 초상화 속 어머니의 모습에서 함께 본 거야."

"그 말인즉슨 넌 이 반지의 실물은 못 봤다?"

"응, 그렇지만 하인들에게 들었어. 살아생전 어머니가 늘 끼고 계셨다고. 블루 다이아몬드로 만들어진 아주 귀한 거라고."

"그래서? 지금은 어디 있는데?"

안 그래도 차갑던 퀸의 말투가 더 싸늘하게 변했다. 그는 바율의 말을 전혀 믿는 눈치가 아니었다. 그저 어이없어 대꾸하는 느낌이랄까.

"나 거짓말하는 거 아니야. 진짜야."

"반지 어디에 있느냐고."

"…그건 나도 잘 몰라. 아버지께서 숨겨 놓으셨다고만 들었어."

"너희 아버지라면 란데르트 공작?"

"반지를 보면 돌아가신 어머니가 생각나신다고 치우라고 하셨대. 그 뒤로는 아무도 본 사람이 없어."

비단 반지뿐만이 아니었다. 다섯 살 무렵이던가. 아버지는 어머니의 초상화마저 눈에 안 띄게 치우라고 하셨다. 바일과 바율이 울며불며 그러지 말라고 애원했지만, 아버지는 강경하셨다.

훗날 바일과 합심해서 초상화를 겨우 발견했을 땐 기쁨의 환성을 내지르다가 사다리에서 떨어져 다리가 부러진 적도 있었다.

하지만 초상화와 달리 반지는 찾을 수 없었다. 혼자만 펜던트를 걸고 있는 게 미안해서 반지를 찾아 바일에게 주고 싶었는데 그럴 수가 없어서 울적한 날을 보내곤 했었다.

"나보고 그 말을 믿으라고?"

퀸의 단아한 입매가 한쪽으로 비틀렸다. 웃고 있지만 전혀 웃는 것 같지 않은 얼굴이었다.

"내가 오늘 처음 만난 네게 거짓을 말할 이유가 없잖아. 진짜야. 사실이라고."

"인간은 모두 거짓말을 하지. 그것도 아주 그럴듯하게. 이유가 있건, 없건 말이야."

"모두가 그렇진 않아. 그리고 난 거짓말 같은 건 한 번도 해 본 적 없어!"

"단 한 번도?"

"그래, 단 한 번도!"

"근데 이상하지? 왜 난 지금 네 말도 거짓말 같을까?"

살면서 이렇게 억울했던 적이 또 있었던가. 거짓말쟁이

로 오해를 받는 것이 식당에서 인신공격을 당했을 때보다 더 기분이 나빴다.

"내가 어떻게 하면 믿을래? 초상화라도 보여 주면 돼?"

"아니, 그걸로는 안 되지."

"그럼, 어떻게 하면 되는데?"

"반지를 가져와."

"뭐?"

"반지를 가져오라고. 그럼 믿어 주지."

바율은 일순 말문이 막혔다. 그의 말처럼 반지만 가져오면 해결될 문제이긴 했다. 거짓말쟁이를 벗어나는 가장 확실한 방법이다.

'하지만 왜? 내가 왜 그래야 하지?'

똑같은 반지를 봤다고 얘기했을 뿐인데 다짜고짜 윽박지르며 거짓말쟁이로 몰아붙이고 있는 건 퀸이었다. 억울하긴 하나 바율에겐 해명을 해야 할 의무도 없었고, 반지를 가져와야 할 이유는 더더욱 없었다.

"내가 반지를 가져오면 넌 나에게 뭘 해 줄 건데?"

"뭐야?"

"내 어머니의 유품이야. 남에게 함부로 보여 줄 수 있는 물건이 아니란 뜻이야."

"거짓말이 탄로 날까 봐 무서운 건 아니고?"

"지금 내 눈이 거짓말을 하는 것 같아?"

진심은 눈에 드러나기 마련이다. 바율은 부러 눈을 똑바로 뜨고 퀸을 마주했다. 그의 파란 눈동자에 파문이 인 것은 잠시 후였다.

"…정말 사실이라고?"

"그렇다고 난 이미 얘기했어."

"말도 안 돼! 이렇게 쉽게 찾을 수 있는 반지가 절대 아닌데……!"

그의 반응은 거의 경악에 가까웠다. 대체 그 반지가 뭐길래?

'잠깐, 뭔가 이상해.'

궁금함도 잠시, 바율은 고개를 갸웃거렸다. 이상했던 것이다. 왜 두 개의 반지가 모양이 똑같은 걸까? 다른 것도 아니고 블루 다이아몬드가 세공된 반지이질 않은가.

이건 절대 우연이 아니다. 저 반지에 뭔가가 있다. 그것이 무엇인지는 몰라도 지금 퀸의 태도가 바로 그 증거였다.

"혹시…… 두 개의 반지가 한 쌍인가?"

"……!"

퀸이 움찔 놀라며 경직되는 게 느껴졌다. 어떻게 알았냐는 듯 얼굴엔 당혹함이 역력하다.

"일반 반지도 아니고 블루 다이아몬드야. 그런 귀한 보석이 세공된 반지가 똑같은 모양이라면 당연히 누군가 한 쌍으로 제작한 것이겠지……. 하나만 물어봐도 될까?"

바율은 망설이다 물었다.

"그거 무슨 반지야?"

"…그건 왜 묻지?"

"인어족인 너와 내 어머니가 같은 반지를 갖고 있어. 애초에 한 쌍이었던 반지를 나누어서 끼고 있다고. 당연히 궁금하지 않겠어?"

초상화 속에서도 청초한 아름다움을 뿜어내시던 어머니. 아버지는 그런 어머니에 대해 거의 말씀이 없으셨다. 어머니를 떠올릴 때마다 괴로워하시는 아버지의 모습이 보기 싫어서 형과 자신도 더는 묻지 않았다.

바율이 아는 거라고는 두 분이 전쟁 중에 우연히 만나 사랑에 빠지셨다는 것 정도였다. 당시 평민에다가 고아였던 어머니를 아무런 조건 없이 아내로 맞이한 아버지의 행보에 한때 제국이 떠들썩했다고 들었다.

아무도 초대하지 않고 조용히 둘만의 결혼식을 올렸다던 아버지와 어머니. 이런 얘기도 전부 하인들을 통해 들은 것이었다.

예전엔 미처 생각하지 못했다. 어떻게 평민에 고아였던 어머니께서 그런 반지를 갖고 계셨던 걸까.

그리고 이 펜던트는?

블루 다이아몬드에 비할 바는 아니지만, 펜던트 역시 매우 정교한 솜씨로 제작된 보석이었다. 일반 평민은 감히 엄두조차 낼 수 없을 만큼 값비쌀 것이다.

"아까 이 펜던트를 보고도 놀랐지? 왜 놀란 거야?"

바율의 연이은 질문에 또다시 퀸의 눈빛이 일렁였다. 역시 뭔가가 있다. 반지도 펜던트도, 바율은 모르는 무언가를 퀸은 알고 있는 게 분명했다.

"…넌 알 것 없어."

예상했던 거절이다. 바율은 침착하게 대응했다.

"어차피 순순히 말해 줄 거라고 기대는 안 했어. 거래하자."

"거래?"

"응. 그 반지, 내가 찾아볼게. 집안 어딘가에 있을 거야."

"반지를 줄 테니 질문에 답을 해 달라?"

"아니, 줄 순 없어."

"뭐야, 장난해?"

"어머니의 유품이라고 했잖아. 가져와서 보여 줄 순 있어도 완전히 줄 순 없어."

"그건 원래가 우리 인어국 거야! 인간 따위가 지닐 만한 물건이 아니라고!"

"…인어국의 것?"

"그래! 어쩌다가 그게 너희 어머니 손에 굴러 들어갔는지 모르겠지만, 인간이 감당할 수 있는 물건이 아니야. 그러니 당장 갖고 와!"

퀸의 얼굴이 노기로 번쩍였다.

지금처럼 화가 나는 건 굉장히 오랜만이었다. 자레드 패거리의 도발에도 이처럼 화가 솟지는 않았다.

인어국의 왕자로서 온갖 멸시를 당하면서까지 퀸이 인간과의 생활을 버티는 이유는 하나였다.

'반지만 찾으면…… 반지만 찾으면 다시 예전으로 돌아갈 수 있어!'

그 옛날 아름다웠던 시절로, 찬란하게 빛나던 인어국의 부흥기 시절로 다시 돌아갈 수 있었다.

'전설? 그까짓 것 필요 없어. 인간 따위가 해결할 수 있는 문제가 아니잖아? 대양의 눈만 있으면 돼!'

"네가 주지 않으면 훔쳐서라도 뺏어 오겠어."

퀸은 진심이었다. 반지의 행방도 알았으니 결코 실현 불가능한 일은 아니었다.

"저 책 제대로 안 읽은 모양이야."

바율이 퀸의 책상에 놓인 책을 바라보며 말했다.

대륙의 십년전쟁.

장장 10년이란 세월 동안 대륙을 붉은 피로 물들였던 슬프고도 참담한 역사. 그것을 끝낸 이가 바로 바율의 아버지인 란데르트 공작이었다.

"성엔 아버지가 계셔. 난 본 적 없지만, 기사단 열이 덤벼도 우리 아버지 한 명을 감당하지 못한대. 그런데 너 혼자서 반지를 빼내는 게 가능할까? 어디에 있는지도 모르면서?"

퀸은 대답하지 못했다. 분하지만 바율의 말이 맞았다. 란데르트 공작이 성에 머무는 이상 그는 절대 반지를 가져올 수 없다. 흥분한 나머지 공작의 존재를 그만 까맣게 잊은 것이다.

"내 제안은 아직 유효해. 반지는 내가 가져올게. 그러니 넌 답을 해 줘. 그 반지가 대체 뭔지, 펜던트를 보고는 왜 놀랐는지 말이야."

"왜 그렇게 집착을 하지? 반지는 인어국의 물건이라고 말했을 텐데."

"난 그저 어머니에 대해 알고 싶을 뿐이야. 기억에도 없는 분이지만, 날 낳아 주신 분이니까."

항상 궁금했었다. 물어볼 상대가 없어서, 알아볼 방법이 없어서 묵묵히 참았던 것일 뿐, 늘 마음 한구석에는 어머니에 대한 갈증이 숨어 있었다.

그 목마름을 풀 수 있는 절호의 기회였다. 그 매개체가 퀸이라는 사실이 본인조차 놀랍지만, 놓치고 싶지 않다. 어쩌면 이게 어머니에 대해 알 수 있는 마지막 기회일지도 모른다. 어떻게든 퀸을 설득해야 했다.

"…좋아. 반지를 가져오면 그때 얘기해 주지."

"분명히 말하는데 주는 건 안 돼. 보여 주는 거야."

"원래 인어국의 것이라고 말했을 텐데."

"지금은 아니잖아. 그렇게 귀중한 거라면 잃어버리지 않게 간수를 잘했어야지."

"잃어버린 게 아니라 준 거라고!"

실수로 잃어버린 거라면 이렇게 화도 안 날 것이다. 왕국의 흥망을 좌지우지할 수 있는 귀중한 물건을 사랑에 눈이 멀어 갖다 바친 누군가가 떠올라 다시금 속이 부글부글 끓었다.

"주다니? 누구한테?"

"누구긴 누구야, 정……!"

퀸은 황급히 입을 다물었다.

'젠장, 나답지 않게!'

하마터면 인간에게 쓸데없는 얘기까지 할 뻔했다. 고대하던 반지의 행방을 알게 된 탓인지 그답지 않게 자꾸 흥분하게 된다.

묘한 녀석이었다. 이제껏 이런 인간을 퀸은 본 적이 없었다. 인간 주제에 인어족인 자신과 같은 물의 기운을 품고 있다니. 보고 있으면서도 도무지 믿기지가 않는다.

처음 녀석을 발견했을 때, 광장에서의 충격은 그야말로 엄청났다.

'내게서 청아한 향이 난다고 했지?'

그것도 기가 막혔다. 그 자체로 녀석은 물의 기운을 품고 있다는 걸 증명한 셈이니 말이다.

녀석은 모르는 것 같지만, 청아한 향이라는 건 퀸이 지니고 있는 물의 기운이었다. 인어국의 모든 인어들은 태어나면서부터 물의 힘을 타고난다. 그것은 인어로서 너무도 당연한 것이었다. 물과 어우러져 자연 속에서 살아가야 하는 존재가 바로 그들인 것이다.

사실 바율이 지닌 정도의 기운이라면 물의 향기를 느끼기란 거의 불가능했다. 그런데 녀석은 그것을 느꼈다. 그리고 그 순간 퀸은 바율의 목에 걸린 펜던트를 발견했다.

물방울 모양의 로켓 펜던트.

놀랍게도 퀸은 그것에서도 물의 기운을 감지했다. 바율과는 비교조차 할 수 없는 아주 큰 힘을 말이다. 지금은 마치 기운을 숨기기라도 한 것처럼 이상하리만치 잠잠하지만, 아까는 분명하게 인지했다.

‘저 펜던트의 영향일까?’

물의 기운을 품고 있기엔 상대는 너무 약골이었다. 창백한 얼굴 하며, 빈약한 몸뚱이까지. 지금 당장 쓰러져도 아무도 이상히 여기지 않으리라.

‘거슬려.’

왜인지는 모르나 퀸은 그런 바율이 신경 쓰였다. 물의 기운을 품고 있어서도, 반지의 행방을 알고 있어서도 아니다. 그냥 존재 자체가 계속 거슬렸다.

그래서였을 거다. 소문에는 전혀 관심도 없는 그가 몰래 아이들의 얘기를 엿들은 것은.

딱히 뭐라 정의할 수 없는 감정이 자꾸 퀸을 자극했다. 왠지 찜찜하달까?

‘대체 이 아이가 뭐길래…….’

“왜 말을 하다가 말아? 다른 누군가한테 줬는데 어쩌다 보니 우리 어머니에게까지 흘러갔다. 이런 얘기야?”

“…아마도.”

“어머니가 인어국과 관련이 있으신 분일까?”

바율 입장에선 할 수 있는 생각이었다. 말은 좀 안 되는 것 같지만, 어찌 되었든 원래 인어국의 것이었다는 반지를 어머니께서 갖고 계셨던 건 맞으니까.

하지만 퀸은 단호했다.

"그건 아닐 거다. 우연히 손에 넣으신 거겠지. 그건 인간이 가지고 있어도 전혀 쓸모가 없어. 인어족이 아닌 이상 사용할 수도 없고."

"사용을 한다는 건, 단순한 보석이 아니라는 뜻이야?"

"거기까지."

더 얘기하면 내용은 깊어질 수밖에 없다.

"우리의 거래 조건은 네가 반지를 가져오면 내가 얘기를 해 준다는 거였어. 질문을 계속하는 건 계약 위반이지."

"그럼 반지를 보는 걸로 만족하겠다는 거지?"

"너 의외로 집요하구나?"

소문하고는 영 딴판이다. 생긴 건 딱 소문대로인데, 하는 말이나 행동은 그렇지 않다. 저 순진한 얼굴로 거래를 하자고 말할 줄이야.

"원래 성격이 이래?"

"글쎄."

바율도 잘 모르겠다. 본인조차 오늘 하루 동안 스스로가 낯설게 느껴질 때가 몇 번 있었다.

가국어 수업 중에, 식당에서 자레드를 만났을 때, 그리고 조금 전 퀸에게 제안을 했을 때. 평소라면 절대 상상할 수 없는 모습들이었다.

'하지만 싫지 않아.'

여전히 불안하고 때론 주눅이 들기도 하지만 바율은 지금의 모습이 마음에 들었다. 이렇게 계속 나아간다면 언젠가는 바일처럼 당당하고 빛나는 사람이 될 수도 있을 테니까. 그러면 아버지도 봐 주실지 모르니까. 그것만이 먼저 떠난 바일에게 바율이 해 줄 수 있는 유일한 선물 같았다.

"아무튼, 알겠다. 일단 반지는 보는 걸로 만족하지. 네가 가진 게 진짜라면 그때 다시 거래를 시작해도 되니까."

"그 말, 진심이지?"

"난 인간이 아니야. 인어국의 왕자로서 맹세하지."

갑자기 퀸이 손가락을 튕겼다.

'뭐지?'

바율이 의아해하는 순간 공중에 작은 물방울 하나가 생겼다. 그 물방울이 날개라도 달린 듯 바율을 향해 슥 날아왔다.

"겁먹을 거 없어. 맹세의 증표일 뿐이니까."

투명한 방울이 바율의 이마에 와 닿았다. 차가운 느낌도 잠시, 곧 머릿속이 상쾌해지며 이상하게 기분이 좋아졌다. 몸도 노곤해지는 게 갑자기 졸음이 쏟아진다.

"이런, 몸이 이렇게 약해서야."

바율이 바닥으로 쓰러지기 직전 퀸이 두 팔을 뻗어 안았다.

"뭐가 이렇게 말랐어?"

이질적인 촉감에 절로 인상이 써졌다. 태어나 누굴 안아 보는 건 처음이었다.

"인간은 원래 이렇게 가벼운 건지."

잠시 머뭇거리던 퀸은 이내 바율을 침대로 데려가 조심스럽게 눕혔다. 곱게 잠든 바율의 이마에서 물방울 모양의 표식이 빛이 되어 반짝였다.

인간은 볼 수 없는, 인어국에서도 왕족만이 가능한 '맹세의 표식'이었다. 맹세의 표식을 가진 자는 인어족 누구도 함부로 대할 수 없으며, 시전자는 상대와의 약속을 반드시 지켜야 한다는 제약에 걸린다.

작은 물방울이지만 그 안에 담긴 맹세의 힘은 상당하다. 바율처럼 허약한 체질이 아무런 대비 없이 노출되었다가는 지금처럼 잠시 쉬어야 하는 사태가 오기도 한다.

'불쌍해서 못 보겠군.'

잠든 바율의 모습이 어쩐지 측은하게 보였다. 인간에게 그런 감정을 품었다는 게 순간 놀라웠지만, 퀸은 이내 고개를 저었다.

반지를 찾을 때까지만이야. 그때까진 저 아이가 필요해.

Chapter 6.
한밤의 납치극

1.

깊은 밤, 캐링스턴 아카데미에 칠흑 같은 어둠이 내려앉았다. 입학 첫날의 긴장과 피로에다가 퀸의 맹세의 표식까지 더해지는 바람에 저녁 식사도 거른 채 기절하듯 잠든 바율의 방에 불청객이 찾아든 것은 자정이 막 지날 무렵이었다.

끼이익.

구름에 가려졌던 달이 부끄러운 듯 살포시 모습을 드러내는 순간, 퀸의 예민한 귓가에 문이 열리는 소리가 들렸다.

'뭐야?'

낮 시간의 대부분을 냉대와 무시 속에서 살아가는 퀸이지만, 지금 같은 상황은 그에게도 익숙지 않았다. 오늘 아침의 실패를 만회하겠다는 심보인가?

'하다 하다 별짓을 다 하는군.'

참는 데에도 한계가 있었다. 그동안 결코 귀여워서 봐준 게 아니다. 그저 귀찮아서, 엮여 봤자 성가시기만 할 것이기에 상대하지 않은 것뿐이다.

'내 몸에 함부로 손을 대었다간 어떻게 되는지 똑똑히 보여 주지.'

제일 처음 손대는 놈을 본보기로 삼겠다 퀸이 다짐하는 그때, 세상모르고 잠에 취해 있던 바율이 깨어났다. 물론 자의가 아닌 타의에 의해서였다.

"으음."

커튼 사이로 새어 들어오는 달빛 아래 바율이 눈을 비비며 일어났다. 그리고 마침 그것을 기다렸다는 듯 누런 포대자루가 녀석의 몸을 집어삼켰다. 몸부림을 치며 반항을 하는 게 보였지만 애초에 혼자서 다수를 이기기란 역부족이었다.

'내가 아니라 저 녀석을 노린 거였어?'

뜻밖의 국면에 퀸은 황당함을 느꼈다. 불청객은 총 셋이었다. 뭐가 그리 즐거운지 저들끼리 눈빛을 주고받으며 연신 키득거렸다. 그들은 퀸에게는 눈길 한 번을 주지 않은 채 자루를 둘러업고 잽싸게 방을 빠져나갔다.

이걸 어찌해야 한담?

잠시 멍해 있던 퀸은 망설였다. 따라가자니 자신이 왜 그래야 하나 싶고, 모른 척하자니 어딘지 찜찜하다. 낮 동안 그림자처럼 붙어 다니던 일라이라도 있으면 좋으련만 불행히 지금은 혼자뿐이었다.

위층으로 올라가 놈을 깨울까?

하지만 이내 고개를 저었다. 마주칠 때마다 매번 알은체하며 다가오는 녀석이지만, 여태껏 퀸은 무시만 했다. 그런 와중에 갑자기 먼저 찾아가 뭐라고 한단 말인가? 그럴 만한 입장이 못 되었다.

그럼 어떡하지?

반쯤 열려 있는 문을 바라보는 퀸의 얼굴에 서서히 짜증이 스몄다. 생각해 보니 이런 고민을 하고 있다는 거 자체가 우스웠다.

내가 왜? 내가 왜 이렇게 신경을 써야 해?

녀석은 그의 수하도 뭣도 아니었다. 오늘 처음 만난, 그저 같은 기숙사 방을 쓰게 된 동기일 뿐이다. 대양의 눈이 녀석의 집에 있다는 게 살짝 걸리긴 하지만 아직 사실 확인 전이었다.

눈빛에서 거짓을 느끼진 못했어도 상대는 인간이다. 인간은 믿을 수 없는 존재라는 게 평소 퀸의 지론이었다.

‘하지만 만에 하나 진짜라면……?’

달밤에 봇짐처럼 끌려가 봤자 신상에 뭔 일이야 있겠느냐만, 쓰러지듯 품에 안겨 잠들었던 녀석의 얼굴이 떠올라 영 꺼림칙하다.

더욱이 주모자가 자레드였다. 바율을 데려간 놈들은 퀸도 익히 알고 있는 자레드의 똘마니들이었고, 이런 대범한 짓을 저지를 미친놈은 아카데미에서 그놈이 유일했다.

부모의 위세를 믿고 앞뒤 분간 못 하고 날뛰는 망종. 놈이라면 어떤 고약한 장난질을 칠지 알 수 없다. 아무리 상대가 대 란데르트 공작가의 아들이라고 하더라도 말이다.

“젠장, 성가셔 죽겠군.”

결국 퀸은 이불 속에서 빠져나왔다. 가뜩이나 허약 체질인데 탈이라도 나면 같은 방을 쓰는 자신만 괜히 피곤해질 수 있다. 아직 밤공기가 쌀쌀한데 감기라도 걸려서 콜록거리면 시끄러워서 잠이나 잘 수 있겠는가?

‘그래, 이건 나를 위해서야. 상태가 어떤지 보고만 오자.’

기숙사 방을 나서는 퀸의 미간에 진한 주름이 몇 가닥 잡혔다.

2.

"풀어."

누군가의 명령으로 꽁꽁 묶여 있던 자루의 입구가 열렸다. 비몽사몽간에 벌어진 일이라 별다른 저항도 못 하고 끌려온 바율은 자루가 열리자마자 숨을 가쁘게 몰아쉬며 밖으로 튀어나왔다.

"푸하!"

컴컴했던 자루 속과 달리 주위는 꽤 밝았다. 주저앉은 채 주변을 살피는 바율의 시야에 맨 먼저 들어온 건 사람의 다리였다.

'누구지?'

한두 명이 아니었다. 눈이 서서히 빛에 적응하자 고개를 들어 면면을 확인했다. 기대와는 달리 아는 얼굴이 하나도 없었다. 야심한 시각답게 다들 잠옷 차림이었지만, 그들이 아카데미생들이란 건 굳이 물을 필요가 없었다.

"너냐?"

바율을 중심으로 빙 둘러 있던 십여 명의 학생 중, 몸은 곰이요, 얼굴은 족제비처럼 생긴 소년 하나가 위압적으로 물었다.

다짜고짜 너냐라니, 그런 질문에는 뭐라고 답해야 하는

거지?

바율이 이해하지 못하고 눈만 끔벅거리자 족제비의 표정이 더욱 가느다랗게 변했다.

"바율이란 놈이 너냐고."

"…그, 그런데요?"

바율의 소심한 대꾸에 족제비가 쯧쯧 혀를 찼다.

"듣던 대로구먼. 저런 녀석이 란데르트 공작 전하의 아들이라니, 보고도 믿을 수가 없군."

오늘 하루 동안 적어도 백 번은 넘게 들은 말이었다. 자다가 영문도 모른 채 끌려와서 억울한 마당에, 듣기 싫은 저 말을 또 들어야 한다니. 바율은 저도 모르게 속에서 뭔가가 울컥 올라왔다.

"그렇게 말씀하시는 분은 누구십니까? 여긴 또 어디고요."

"나?"

족제비가 검지로 자기 자신을 가리키며 히죽 웃었다.

"피에르 코크레인. 들어는 봤겠지?"

'피에르 코크레인?'

처음 듣는 이름이다. 바율이 고개를 젓자 피에르가 다시 물었다.

"샤를페로 지역의 코크레인 남작가. 이래도 몰라?"

"네."

그를 놀리려는 게 아니었다. 정말 들어 보지 못했다. 유명한 가문인가?

치욕감에 입가가 부르르 떨렸지만 피에르는 애써 평정을 유지했다.

"병약하여 집안에만 틀어박혀 지냈다고 하더니 모르는 게 많군. 우리 가문에 대해 말할 것 같으면 대대로 황제 폐하를 지척에서 모셔 왔지. 폐하의 일거수일투족을 서문으로 기록하여 제국의 번영과 안정을 도모하시는 데 보탬이 되도록 늘 앞장서 왔다."

"…그러니까 황실 서기관을 말씀하시는 건가요?"

"그렇다."

대단하지 않으냐? 턱을 치키는 피에르의 얼굴에 자부심이 넘쳐흘렀다.

바율은 고개를 끄덕였다. 황실을 위해 꼭 필요한 업 중 하나가 바로 서기관이다. 그들은 황실에서 일어나는 모든 사안을 기록으로 남기며 그것은 곧 제국의 역사가 된다. 반드시 필요한 일이라고 볼 수 있었다.

"이제야 좀 알아보는 것 같군."

바율이 인정하는 듯하자 피에르가 만족하며 말을 이었다.

"여긴 까마귀 둥지라는 곳이다. 우리 스톤 라이언의 비밀 아지트라고 할 수 있지."

'우리 스톤 라이언?'

"눈치를 챘는지 모르겠다만, 우리 모두 스톤 라이언 학생들이다. 물론 너와는 다른 학년이지."

"…선배님이셨습니까?"

"맞다. 지금은 엠블럼이 없어서 못 알아보겠지만, 다들 너보다 선배들이다. 난 올해 4학년이지."

"아."

이해도 잠시, 같은 기숙사 선배들이 왜 이런 야밤에 자신을 납치해 온 것인지 바율은 의아했다. 설마 신고식이라도 하려는 건가?

"오늘 널 여기로 데려온 건 신고식 때문이다. 이백 년이 넘도록 내려오는 전통인데, 편입생이라고 그냥 넘어가면 차별이 아니겠느냐?"

"전…… 괜찮은데요."

일라이는 분명 신고식이 없을 거라고 했다. 궁금하긴 했지만, 일라이가 말하는 분위기로 봐선 차라리 경험하지 않는 게 나을 것 같았다.

한밤중에 포대 자루에 담겨 끌려온 것도 그렇고, 빙 둘러서서 공포감을 조성하는 게 왠지 예감이 좋지 않다. 더욱이 지금은 일라이도 없고 에이단도 없다. 혼자서 이들을 자신이 상대할 수 있을까?

꿀꺽.

긴장감에 목구멍으로 침이 꼴깍 넘어갔다.

“근데 넌 잠옷도 없냐? 꼴이 그게 뭐야?”

“네?”

그제야 바율은 자신이 낮의 옷차림 그대로 잠이 들었음을 깨달았다. 내가 왜 그랬지? 집에선 단 한 번도 이런 적이 없는데.

‘아, 맹세의 표식.’

차가운 물의 기운이 이마에 닿은 순간 기억이 끊겼다. 아마도 그때 잠이 들었나 보다. 손을 들어 이마를 만져 보았으나 살결 외에는 아무 감촉이 느껴지지 않았다.

“저녁 식사 시간에도 보이지 않더니, 바로 쓰러져 잔 건가?”

“좀 피곤해서…….”

“빈속에 마시면 좀 힘들 텐데.”

“네?”

“가져와.”

알아듣지 못한 건 바율 혼자였다. 피에르가 지시하자 바율을 에워싸고 있던 이들이 거리를 두며 뒤로 물러났다. 그리고 그 빈자리에 웬 탁자가 들어섰다.

"이건 뭡니까?"

탁자 위를 바라보는 바율의 눈이 휘둥그레졌다. 생전 처음 보는 이상한 광경이었기 때문이다.

"체스는 둘 줄 알겠지?"

"네, 조금은……."

몸이 약해 바깥출입을 자주 할 수 없었기에 바일과 가장 많이 하고 놀았던 게임이 바로 체스였다. 그러나 바율 앞에 놓인 건 그가 평소 알고 있던 것과 조금 달랐다.

"이건 술입니까?"

"향이 좋지?"

판은 체스 판인데 말이 술잔이다. 웃긴 건 폰, 룩, 나이트, 비숍, 퀸, 킹에 따라 술잔의 모양이 다르고, 상대와의 말을 구분하기 위해 술의 색깔을 달리했다는 것이다.

이런 게 어떻게 체스라는 거지?

"룰은 간단하다. 기존의 우리가 알고 있는 체스의 규칙대로 그냥 두면 된다. 단, 말이 죽었을 땐 잔에 든 술을 비워야 한다."

"술을 마시라는 겁니까?"

"그래. 꽤 좋은 술로 담아 왔으니까 걱정할 필요는 없다."

코끝을 찌르는 향으로 봐서 절대 도수가 낮은 술은 아니었다. 독한 향기가 벌써부터 머리를 지끈거리게 할 정도다.

"저는 술을 못합니다."

"뭐든 처음이 어려운 법이지."

"한 번도 마셔 본 적이 없어요."

"오늘이 뜻깊은 날이 되겠군."

"아카데미 내 술 반입은 금지이지 않습니까?"

"그래서 신고하려고?"

금지라면 더욱 하고 싶어지는 게 사람 마음이다. 피에르와 같은 4학년에 오르면 술 한 번쯤 마셔 보지 않은 학생이 오히려 손에 꼽을 정도였다.

"그게 아니라……."

"정 먹기 싫거든 이기면 되지 않겠나?"

말이 쉽지, 설사 이긴다 하더라도 패를 전혀 잃지 않고서 이기기란 어렵다. 이기든 지든 몇 잔의 술은 마실 수밖에 없단 얘기다.

"신고식이란 게 원래 다 이런 겁니까?"

"아니, 그럴 리가 있나."

피에르의 뒤쪽에서 불쑥 누군가가 끼어들었다. 비음이 섞인 거만한 목소리. 하루 만에 바율의 머릿속에 각인된 상대. 바로 자레드였다.

녀석이 마치 개선장군이라도 되는 듯 의기양양한 걸음으로 바율의 앞에 나타났다.

"왔어?"

시종일관 거만한 태도를 유지하던 피에르가 순한 양이라도 된 것처럼 자레드를 반갑게 맞았다. 어쩐지 뭔가 뒤바뀐 느낌이었다. 1학년인 자레드가 오히려 선배 같고, 4학년인 피에르가 후배 같다. 이쪽에 앉으라며 의자까지 내주는 모습이 언뜻 비굴해 보인다.

"거기 앉지?"

이제야 알 것 같다. 오늘 일을 꾸민 것이 누구인지. 삐딱한 자세로 앉아 바율에게 턱짓하는 모습이 전혀 무서울 게 없다는 듯 당당했다.

여긴 내 세상이야.

네 편은 하나도 없어.

무서워 죽겠지?

걱정이 되는 건 사실이었다. 술을 마셔 본 적이 없으니까. 하지만 무섭지는 않았다. 자레드는 이미 한 번 상대해 봤고, 바율은 녀석이 싫었다. 싫어하는 상대를 무서워한다는 건 아무리 약골인 바율일지라도 자존심이 결코 허락지 않았다.

"밤잠이 없나 봐. 이런 시간에 다 불러내고."

바율은 지지 않으려고 아무렇지 않은 척 대꾸하며 의자를 빼내 앉았다.

"우린 급이 다르다고 했잖아. 그 급에 맞게 신고식을 해야지. 안 그래요, 형?"

"맞아, 그렇지! 그래서 내가 이렇게 준비했잖아."

"고마워요. 아버지께 오늘 일에 대해 말씀드리면 분명 좋아하실 거예요. 이런 놀이에 관심 많으시거든요."

"정말?"

"네, 올해 무사히 졸업만 잘하시면 아마 황도에 좋은 자리 하나 만들어 주실 겁니다. 아시잖아요, 제가 형 되게 아끼는 거."

듣고 있냐? 사람은 이렇게 부리는 거야.

시선을 줄곧 바율에게 향한 채 자레드가 말했다. 그런 녀석의 얼굴은 우월감으로 가득했다.

"제가 졸업할 때까지 먼저 가서 잘 닦아 놔 주세요. 여기에서처럼 많이 도와주셔야죠."

"암 암, 그래야지. 나만 믿으라고, 자레드."

입이 찢어져라 기쁨의 미소를 짓고 있지만, 바율에겐 어쩐지 그 미소가 안쓰럽게만 보였다. 저렇게까지 하면서 살아가야 할 이유가 대체 무엇인지 바율로서는 이해하기 어려웠다.

"자, 그럼 이제 시작해 볼까? 룰은 이미 들어서 알고 있겠지?"

"……."

"그런 눈으로 보지 마. 봐주고 싶잖아."

"네가 졌을 때 핑계가 필요한 건 아니고?"

"호오, 어울리지 않게 웬 호승심? 혹시 혼자라서 두려워 허세 부리는 건가?"

"마음대로 생각해."

어차피 대화가 통할 상대가 아니었다. 이렇게 된 이상 바율은 체스에만 집중하기로 마음을 정했다.

"운도 지지리 없지. 하필이면 비린내 풀풀 풍기는 그런 녀석이랑 같은 방이라니. 그 소식을 듣고 내가 다 가슴이 아프더라."

중앙의 폰을 두 칸 앞으로 전진시키며 자레드가 본심에도 없는 말을 내뱉었다. 같은 모양의 말로 손을 가져가던 바율의 동작이 체스 판 위에서 멈칫했다.

"퀸을 왜 그렇게 싫어하지?"

"뭐?"

"퀸이 너한테 무슨 실수라도 저질렀어? 난 비린내 같은 건 전혀 맡을 수 없었거든."

"훗, 너 바보냐? 인어잖아, 인어. 사람이 아니라고."

"그런데?"

"그런데라니? 아까도 느꼈지만 너 정신이 좀 이상한 것 같다? 내 말이 무슨 뜻인지 몰라?"

"아니, 알아. 틈만 나면 퀸을 모욕하려고 들잖아. 어쭙잖은 인간의 위대성을 강조하며."

"어쭙잖은?"

"난 너와 생각이 전혀 다르거든. 오히려 인간보다 인어족이 더 우수하다고 생각해. 그들은 물속에서도 숨을 쉴 수 있어. 땅에선 인간처럼 걷기도 하지. 그게 훨씬 대단한 거 아니야?"

인간에게도 그런 능력이 있었다면 형은 그렇게 죽지 않았을 것이다. 인어족이란 이유로 무시당할 이유를 바율은 단 한 가지도 찾을 수 없었다.

"하하, 아주 대변인 나셨구먼. 근데 너 그거 아냐? 너 여기로 납치당할 때, 네가 지금 그렇게 변호하는 그 녀석은 꿈쩍도 안 했어. 그건 즉 네가 전혀 걱정이 안 된다는 소리겠지."

"상관없어. 난 여기서 무사히 나갈 테니까."

"날 이기겠다?"

자레드와 패거리가 몸을 뒤틀며 코웃음을 쳤다. 그럴 만도 한 게 자레드는 알아주는 체스 고수였다. 지금처럼 술잔을 가지고 하는 체스 게임에서는 단 한 번도 져 본 적이 없는 승부사였다.

"나도 체스라면 어디 가서 빠지는 편은 아니라서."

"그렇담 재미있는 승부가 되겠군."

이죽거리는 자레드의 얼굴을 정면으로 응시하며 바율이 탕 소리 나게 폰의 위치를 옮겼다.

'꼭 이기고 말겠어.'

어둠 속에서 퀸이 자신을 바라보고 있다는 사실을 전혀 알지 못한 채, 바율은 오랜만에 온 정신을 체스 판에 쏟아부었다.

3.

쾅!

기숙사의 방문이 다시금 노크도 없이 벌컥 열렸다. 시간은 오전 7시 40분. 보통 기상 시간이 8시이니 매우 이른 방문이라고 할 수 있었다. 가뜩이나 밤사이 일로 잠이 부족했던 퀸은 치미는 짜증을 억누르며 몸을 일으켰다.

"바율!"

오늘 아침의 난입객은 일라이었다. 그새 어젯밤 소식을 전해 들은 듯, 머리는 산발에다가 잠옷 바람에 가운을 겨우 걸치고 있었다. 그럼에도 얼굴에서 빛이 나는 걸 보면 타고난 미모는 어쩔 수 없는 것 같다.

무슨 얘기를 어떻게 들었는지 몰라도 녀석의 안색은 거

의 사색에 가까웠다.

"바율, 일어나 봐! 너 괜찮은 거냐? 엉?"

'누가 보면 죽을병이라도 걸린 줄 알겠군.'

하루 사이에 친해졌으면 얼마나 친해졌다고 저리 난리인지 인간들은 참으로 희한한 족속이다.

"야, 야! 일어나라니까!"

나름대로 조용한 삶을 유지하던 퀸이었다. 인간 세상으로 유학 온 인어국의 왕자로서 본의 아니게 사람들의 눈에 띌 수밖에 없지만, 지금껏 적당히 거리를 둬 가며 홀로 잘 지내 왔다.

그런데 어제부터 그러한 것들이 서서히 깨져 가고 있다. 바율이란 저 인간 녀석 때문에.

고작 어제 처음 만났을 뿐인데 녀석은 그를 뒤흔들어놓았다. 대양의 눈에 대한 행방이라거나, 녀석이 지닌 물의 힘, 정체를 알 수 없는 펜던트 등 이유도 여러 가지다.

"난 너와 생각이 전혀 다르거든. 오히려 인간보다 인어족이 더 우수하다고 생각해. 그들은 물속에서도 숨을 쉴 수 있어. 땅에선 인간처럼 걷기도 하지. 그게 훨씬 대단한 거 아니야?"

어젯밤 녀석은 인어족을 멸시하는 자레드 앞에서 당당히 그리 말하였다. 그 순간 퀸이 받은 충격은 어마어마했다. 이제까지 인어족에 대해 바율처럼 말한 인간은 없었기 때문이다.

사실 인간이 인어족에게 악감정을 품은 건 몇 가지 오해 탓이었다. 뱃사공들이 바다를 지날 때 여자 인어인 세이렌의 노랫소리를 듣고 홀린 듯 다가가면 괴물로 돌변하여 잡아먹는다는 괴담이 생긴 이후로 인간과 인어족 사이엔 거리가 생겼다.

물론 그건 사실이 아니다. 세이렌은 그저 노래를 좋아해서 부르는 것이지 뱃사공들을 유혹하는 게 아니었다. 문제는 그 세이렌에 빠진 인간 사내들이었다.

아름다운 육체와 목소리를 소유한 세이렌을 꼬드겨 자신의 여인으로 맞이하고 싶은 인간의 욕망.

그러나 인어는 인간과 맺어질 수 없다. 인어는 육지에서만 살아갈 수 없고, 인간 역시 물속에선 살 수 없으니까.

구애를 거절하는 세이렌에게 상처받은 사내들이 차라리 죽음을 선택하겠다며 바다로 뛰어드는 일이 잦아지자, 그것이 와전되어 세이렌이 인간을 잡아먹는다는 말도 안 되는 소문이 발생한 것이다.

이렇듯 인간은 거짓을 만들고 모든 걸 남 탓으로 돌리는 경향이 있다. 그래서 퀸은 인간이 싫었다. 그들과 엮이고 싶지 않다. 어제 아침까지만 하더라도 그는 그 다짐을 매우 잘 지켜 나가고 있었다.

"이봐, 퀸. 아무리 너라지만 이거 너무한 거 아니냐?"

아무리 흔들어도 바율이 깨어나지 않자 일라이의 화살이 퀸에게로 향했다. 무슨 소리냐는 듯 퀸이 인상을 찌푸리며 바라보자 일라이가 바율을 가리켰다.

"이 녀석 숙취로 끙끙거리는 거 안 보여?"

"숙취? 그냥 자는 거 아니었나?"

"넌 평소 이렇게 앓는 소리를 내면서 자나 보지?"

일라이의 냉랭한 대꾸에 그제야 퀸이 바율을 흘깃거렸다. 그러잖아도 하얀 얼굴이 핏기라곤 눈 씻고 찾아볼 수 없을 만큼 창백하다. 이마와 목덜미엔 땀이 흥건하고, 악몽이라도 꾸는지 중간중간 이상한 신음이 새어 나왔다.

"…아픈가 보군."

"아픈가 보군? 그게 다야?"

뭐 문제 있어?

퀸이 턱을 세우고 빤히 쳐다보자 일라이가 어이없다는 표정을 지었다.

"너 어제 애 끌려간 것도 몰랐지?"

"……."

"아니야, 모를 리가 없어. 인어족은 귀가 밝다고 들었거든."

퀸은 긍정도 부정도 하지 않았다.

"알았으면서 그걸 그냥 내버려 뒀어? 퀸, 너 그거밖에는 안 되는 녀석이었냐?"

언제나 호의적이었던 상대인데 지금은 눈에 불을 켜고 덤비고 있다. 서운하거나 그런 건 아니지만 억울하긴 하다.

'내가 그렇게 미덥지 않고 의리 없이 보였나 보군.'

술에 뻗어 있던 녀석을 이곳까지 데려온 것도, 잠들 때까지 술주정을 받아 준 것도 그였으니까.

간밤의 일이 떠오르자 자신도 모르게 퀸의 입가가 실룩였다.

4.

"약골인 줄만 알았는데, 나름 강단 있네?"

패를 먼저 잃은 쪽은 바율이었다. 잔에 담긴 자주색 술을 쳐다보며 망설이길 잠시, 돌연 눈을 감고는 한 번에 쭉 들이켰다.

찌르르한 술기운이 목구멍을 타고 내려가자 가슴이 뜨거워졌다. 도수가 얼마나 되는지 몰라도 입안은 물론 내장까지 화한 기운이 느껴졌다.

“경사로운 날이네. 날짜라도 적어 놓는 게 어때?”

“상관 마.”

만약 바율이 오늘을 기억한다면 이런 이상한 체스 게임 따위 때문이 아니라, 게임을 마친 후 모멸감에 치를 떨 자레드의 얼굴 때문일 것이다. 이번 일을 발판 삼아 녀석이 조금이라도 정신을 차리길 바라지만, 그건 그저 희망으로만 끝날 거란 걸 바율은 이제 알고 있었다.

“방금 마신 술, 뭔지는 알고 있어?”

자레드가 웃긴 말을 한 것도 아닌데 주변에서 웃음이 터졌다. 갑자기 불길한 생각이 든다. 술에 무슨 장난이라도 친 건가?

“블러드 오브 드래곤.”

“…그게 뭐지?”

“그 유명한 술을 몰라? 드래곤의 혈액에 맹독이 들었다는 것쯤은 알고 있지? 그만큼 독하다고 해서 붙여진 이름이야. 이게 아마 한두 잔만 마셔도 멀쩡히 서 있기가 힘들다지?”

“수, 술도 못하는 나한테 지금 그런 걸 먹인 거야?”

바율은 기가 막혔다. 이런 엄청난 짓을 저질러 놓고 너무도 아무렇지 않게 앉아 있는 자레드를 보고 있자니 사람 같지가 않았다. 어떻게 이럴 수 있는 거지?

"…그럼 네 술은?"

불현듯 자레드의 술에 의문이 갔다. 색이 다르니 같은 술은 아닐 거다. 설마 본인의 잔에는 약한 술을 담은 건가?

"맥주."

역시나 예감은 적중했다.

"…뭐야?"

"오해하지 마. 그냥 맥주 아니니까. 이것도 나름 꽤 도수가 높다고. 안 그래요, 형?"

꼭 이럴 때면 피에르 선배를 찾는다. 바율이 선배에게는 대들지 못한다는 걸 알기 때문이다.

"그럼, 그럼! 일반 맥주가 아니지. 내가 석 잔인가 마시고 이튿날 얼마나 고생을 했다고. 이 이상은 무리야."

"하지만……."

"바율, 넌 편입생이잖아. 네 술이 특별한 건 다 우리가 널 생각해서 그렇게 한 거라고. 오늘이 네 신고식이란 건 잊지 않았겠지?"

"선배, 저 술이 얼마나 비싼지도 얘기해 줘야죠. 아카데미에서 일하는 직원들 한 달 치 월급보다도 비싼 술이야. 난 오히려 네가 우리에게 고맙다고 인사해야 할 것 같은데?"

누가 망종 아니랄까 봐 이젠 아예 한술 더 뜨고 있다. 대

화가 되지 않을 상대라는 건 애초부터 알고 있었지만, 자레드는 매 순간 바율의 상식을 뛰어넘었다. 이럴 땐 최대한 빨리 게임을 끝내는 게 상책이리라.

바율은 침묵으로 대답을 대신하며 비숍을 이동시켜 폰을 잡았다.

"이제 내가 마실 차례네?"

자레드가 마치 기다렸다는 듯 잔을 들어 벌컥벌컥 맥주를 삼켰다.

"캬, 시원하네. 역시 술은 맥주가 최고야."

열여섯에 벌써 술맛을 알고 있다니 바율로선 그저 놀라웠다.

"그러고 보니 나 묻고 싶은 게 하나 있는데."

"원래 체스를 두면서 말이 많은 편인가?"

"재미 삼아 하는 놀이잖아. 게다가 난 대충해도 항상 이겨서 별 재미가 없더라고. 대화라도 나누면서 두면 더 좋은 거 아니겠어?"

바율은 대꾸하지 않았다. 어차피 뭐라고 하든 자레드는 계속 입을 놀릴 것이다. 그냥 듣고만 있는 게 차라리 나았다.

"돌아가신 너희 어머니 말이야. 어떤 분이셨어?"

"……!"

바율을 흔들 목적이라면 괜찮은 선택이었다. 갑작스러운 어머니의 얘기에 바율은 순간 멈칫했다.

"워낙 소문이 무성하시잖아. 널 만나니 더 궁금해진 거 있지. 란데르트 공작 전하는 어떻게 그런 근본도 모르는 여자랑 결혼하셨대? 우리 가문에서는 상상도 할 수 없는 일이거든."

"……."

"선배들도 그렇지 않아요? 평민에다가, 심지어 고아였다면서요? 첩이라면 몰라도 정부인은 절대 아니지. 내 자식에게 그런 천박한 피를 어떻게 물려줘?"

그러니까 말인즉슨 바율에게 천박한 피가 흐른다는 소리였다.

체스 패를 손에 쥔 바율의 손가락 마디마디가 하얗게 도드라졌다. 분명 화를 내고 씩씩거리길 바라며 지껄인 소리일 것이다.

여기서 이성을 잃는 건 결국 자레드가 원하는 대로 되는 거였다. 바율은 애써 침착함을 가장하며 대답했다.

"…사랑하셨으니까. 그거 하나면 된 거 아니야?"

"사랑?"

이보다 더 웃긴 얘기는 들어 본 적 없다는 듯 자레드가 허리까지 젖히며 박장대소했다.

"요즘도 너 같은 아이가 있다는 게 신기할 뿐이다. 그나저나 어쩌나. 또 한잔 마셔야겠네."

바율은 이번에도 꺾지 않고 한 번에 넘겼다. 나름 호기를 부린다고 한 건데, 무리였는지 목이 타들어 가는 것 같았다.

"컥! 쿨럭쿨럭!"

"이런, 사레들렸어? 선배들, 이 녀석 등 좀 두드려 주세요."

자레드가 명령하면 다들 신속하게 움직인다. 가장 가까운 곳에 서 있던 선배 하나가 재빨리 다가와 바율의 등을 두드렸다.

"네 병 말이야. 원인을 모른다던데, 기침으로 막 전염되고 그러는 거 아니지?"

"…왜, 겁나?"

"조금은? 할 일이 많은데 몸이 안 따라 주면 너무 슬플 것 같거든."

상처를 주는 방법도 참 여러 가지구나. 자레드가 잘하는 게 하나 있다면 상대의 약점을 알아내서 깊게 후벼 파는 것이었다.

'하지만 휘둘리면 안 돼. 체스는 바일과 수도 없이 두었잖아. 지금까지는 내 뜻대로 잘 흘러가고 있어. 안정을 취하자, 안정을.'

귀를 막을 순 없지만 집중하면 소리를 걸러 낼 수 있다. 독하다는 술을 이미 두 잔이나 마셨다. 더 어지러워지기 전에 서둘러 끝내야 한다. 바율은 작전대로 다음 말을 움직였다.

어머니로 시작한 이야기는 퀸을 거쳐 에이단, 일라이에게까지 넘어갔다. 듣고 있자니 녀석은 바율과 연관된 모든 이들에게 악감정을 품고 있는 것 같았다.

그게 바율이 싫어서인지, 아니면 원래부터 싫어하던 그들과 바율이 친해져서인지 영 분간이 안 갔다.

"제법 오래 버티네."

어느새 자레드도 맥주를 꽤 마신 상태가 되었다. 서로 남은 말이 얼마 되지 않는다. 평범한 맥주가 아니란 말이 사실이었는지 자레드의 얼굴에도 불그스름하게 열꽃이 올라와 있었다.

그리고 마침내 찾아온 대망의 순간. 끊어져 가는 의식의 끈을 겨우 잡고 바율이 말했다.

"체크…… 메이트."

"…뭐?"

등받이에 편히 기대 있던 자레드가 그제야 허리를 펴고 똑바로 앉더니 체스 판을 살폈다. 그런 녀석의 눈이 점점 벌겋게 변했다. 정녕 바율의 말대로 체크 메이트 상태였던 것이다.

"마, 말도 안 돼!"

"자, 자레드!"

모두가 놀랐다. 언제 어쩌다가 이렇게 되었는지. 다들 꿀 먹은 벙어리가 된 듯 입을 벌린 채 말을 잇지 못했다.

이런 사태가 올 줄 전혀 예상하지 못한 듯 자레드의 몸체가 부들부들 떨렸다. 몇몇 눈치 빠른 이들은 그런 자레드를 겁먹은 낯빛으로 쳐다보았다.

툭!

바율이 탁자에 이마를 박으며 쓰러졌다. 아니, 기절했다는 게 올바른 표현일 것이다. 지지 않겠다는 일념하에 초인적인 의지로 버텼다. 에이단과 일라이가 있었다면 대단하다고 칭찬이라도 해 주었을 텐데, 불행히도 지금은 바율 혼자였다.

"다들 입 닫아."

어느새 정신을 차렸는지 자레드가 씹어뱉듯 말했다. 말끝마다 붙이던 선배라는 호칭도, 존댓말도 사라지고 없었다.

무섭게 변한 자레드의 눈빛에 너 나 할 것 없이 고개를 끄덕이며 입을 꾹 다물었다. 게임에서 지긴 했지만 바율은 이미 정신을 잃었고, 이 자리에서 말이 새어 나갈 염려는 없었다.

억울하고, 분하고, 자존심 상하지만, 일단 소문이 나는 건 막을 수 있다. 더욱이 처음 마시는 술이라고 했다. 어쩌면 결과를 기억하지 못할 수도 있다. 자레드는 내심 그러길 바랐다.

"저기, 그런데…… 이 녀석은 어쩌지?"

쓰러져 잠든 바율을 가리키며 누군가 물었다. 생각 같아선 절벽 아래로 던져 버리고 싶지만, 그건 아무리 자레드라도 할 수 없는 짓이다.

"내가 데려가지."

퀸이 나선 것은 그때였다. 갑작스러운 그의 등장에 자레드는 물론이고 다들 소스라치게 놀랐다. 퀸은 그러거나 말거나 곧장 바율에게로 걸어가 녀석을 안고 빠르게 까마귀 둥지를 벗어났다.

자레드가 소문에 대해 걱정이 들었을 땐 이미 퀸이 바율과 기숙사 방으로 돌아가고 난 이후였다.

5.

"뭐야? 남은 열 받아서 따지는 중인데 웃어? 내 말이 우습냐?"

"…라이……."

"어엇? 바율! 깼어? 깬 거야? 너 괜찮냐?"

당장이라도 퀸에게 달려들 것 같던 일라이가 바율의 음성에 바람처럼 돌아섰다. 무거운 바위라도 올려진 양 바율의 눈꺼풀이 파르르 떨렸다.

"어젯밤에 신고식으로 술 먹기 체스 뒀다며. 어쩌자고 그런 걸 했어! 몸도 약한 녀석이 그러다 큰일 나면 어쩌려고!"

"…미안. 어쩔 수가 없었어."

"퀸, 저 녀석이 나서서 말려 줬으면 좀 좋아? 아무튼 저 녀석은 너무 매정해! 아무리 인어족이라도 그렇지, 정이 없다고!"

그동안 무시만 당한 게 한꺼번에 떠올라 일라이는 진짜로 화가 났다.

"아니야, 라이. 어제 퀸이 없었으면 나 지금 여기에 있지도 못했을 거야."

"그게 무슨 소리야?"

"술 때문에 바로 쓰러졌거든. 의식이 흐릿하긴 한데, 어렴풋이 기억나. 날 방으로 데려온 거 분명 퀸이었어. 맞지, 퀸?"

정신을 완전히 잃은 줄 알았는데 아니었나. 거기까지 쫓아가서 기절한 걸 보고 그냥 올 수가 없어 데려왔을 뿐이다. 의식이 조금이라도 남은 줄 알았다면 절대 그러지 않았을 것이다.

"정말이야, 퀸? 네가 진짜 바율을 업고 온 거야?"

일라이가 놀란 눈으로 퀸을 바라봤다. 이제껏 사람 취급조차 않던 태도가 온데간데없이 사라졌다. 입가엔 미묘한 미소까지 짓고 있었다.

"진즉 말하지 그랬어! 난 그것도 모르고 괜히 막 따졌잖아. 민망하게."

언제 말할 시간이나 주었나?

"내 실수니까 사과할게. 미안하다. 바율에게 먼저 확인했어야 했는데 내가 너무 성급했어. 용서해 주라."

"인간이란 참으로 제멋대로군."

일라이의 사과가 싫진 않았지만, 퀸의 기분은 이미 상할 대로 상한 후였다.

"제멋대로라 또 미안하다."

말이나 못 하면.

바율을 위해 따질 때도, 실수한 후에 사과를 할 때도 일라이는 당당하기만 했다.

"그보다 바율, 너 이겼다며?"

"…응?"

"체스 말이야. 술 먹기 체스. 그거 자레드 놈이 마음에 안 드는 녀석 있으면 잡아다가 하는 게임이거든. 근데 그 게임에서 이긴 건 네가 처음이야. 그것 때문에 지금 아카데미 완전 난리 났어!"

"그게 벌써 퍼졌어?"

"너 슈빅 모르냐? 그 녀석의 정보력을 의심하면 안 된다니까? 알면 존심 상할라."

아파서 누워 있는 바율을 내려다보는 일라이의 얼굴에 대견함이 스쳤다. 소식을 듣고 얼마나 놀랐는지 모른다. 게임에서 이긴 건 둘째치고, 강제로 술을 먹었다는데 도저히 가만히 있을 수가 없었다. 그나마 생각보다 멀쩡해서(거의 죽어 있을 줄 알았다) 정말 다행이 아닐 수 없다.

쾅!

"바율!"

그때 또다시 방문이 세차게 열리며 에이단이 뛰어 들어왔다. 녀석의 꼴도 일라이와 크게 다르지 않았다.

"너 괜찮아? 술 마셨다며! 어디 안 아파? 지금 신전이라도 갈래? 내가 데려다줄게!"

"풉!"

몸은 힘들어 죽겠는데 바율은 괜히 웃음이 터졌다. 왜 이렇게 기분이 좋은지 모르겠다. 이른 아침부터 자신을 위해

헐레벌떡 달려와 주는 친구들이라니.

일라이와 에이단이 있어서 참 다행이었다. 오랫동안 느껴 보지 못했던 행복감을 둘 덕에 느낀다. 그리고 차갑고 무뚝뚝하지만 결국에는 자신을 버리지 않았던 퀸까지.

'아카데미에 오기를 잘했어.'

갑자기 웃기는 왜 웃는 거야?

의아한 눈으로 자신을 쳐다보는 두 친구를 올려다보며 바율은 처음으로 아버지에게 감사했다.

"아무래도 문에 잠금장치라도 달아야겠군."

그런 바율의 마음을 아는지 모르는지 활짝 열려 있는 방문을 노려보며 퀸이 홀로 중얼거렸다.

Chapter 7.
사라진 숙취

1.

뎅뎅뎅!

아침 식사를 알리는 종소리가 아카데미에 울려 퍼졌다. 이때만 기다렸다는 듯 열린 문 너머로 아이들이 우르르 이동하는 소리가 들려왔다.

"어제 저녁도 못 먹었는데 어쩌냐."

술기운에 꼼짝도 못 하는 바율을 일라이가 안쓰럽게 내려다보았다.

"뜨끈한 수프라도 얻어다 줄까?"

"그건 규정 위반 아니야?"

"지금 위반이 문제냐? 애가 다 죽게 생겼는데."

"어디다 가져오려고? 그릇은 있어?"

"식당 아주머니한테 몰래 부탁하면 돼. 모르냐, 내 인기?"

귀찮을 때가 더 많지만 가끔은 잘생긴 얼굴이 도움이 되기도 한다. 일라이가 자신만 믿으라는 듯 가슴팍을 치며 호언장담하자 에이단이 고개를 끄덕이며 바로 수긍했다.

"하긴, 너라면 가능하지. 인정!"

아카데미에서 제일가는 미모를 자랑하는 일라이였다. 모범생답게 규정을 준수하며 살아왔지만, 숙취로 고생하는 친구를 모른 척할 수는 없었다.

"조금만 기다려. 금방 가져올게."

"아냐, 라이. 그럴 필요 없어. 지금은 속이 울렁거려서 먹기가 좀 그래."

"그럴 때일수록 먹어야 하는 거야. 그래야 기운을 내지."

"난 괜찮으니까 너희나 얼른 가서 식사해. 늦겠다."

"꼼짝 말고 쉬고 있어. 후다닥 먹고 수프 가져올게."

바율의 거절에도 일라이는 고집을 꺾지 않았다. 말한다고 해서 들을 것 같지도 않고. 결국 바율은 알겠다며 눈을 한 번 감았다 떴다.

"넌 안 가?"

막 문을 나서려던 일라이가 퀸을 향해 돌아섰다.

"너도 아침 먹어야지."

"생각 없다."

"굶겠다고?"

웬 참견인데?

퀸의 찌푸린 얼굴에 속마음이 그대로 드러났다.

"그러고 보니 아침 먹는 걸 본 적이 없는 것 같은데, 안 그러냐?"

"나도 못 봤어."

에이단이 거들자 일라이의 표정이 심각해졌다.

"너 설마……."

"……?"

"어디다 몰래 음식 숨겨 놨냐?"

"뭐라고?"

어이가 없어 웃음도 안 나왔다. 뭘 숨겨?

"이제껏 방 혼자 썼잖아. 아침에 일어나서 식당 가기가 얼마나 귀찮은 일인데. 혼자 편하게 방에서 몰래 맛있는 거 먹는 거 아니야?"

"그걸 지금 말이라고 하는 건가?"

아니지? 웃기려고 한 말이지?

퀸은 자신이 이러한 오해를 받고 있다는 것 자체가 기가 막혔다.

"뭐, 아님 말고."

부르르 몸을 떠는 퀸을 버려두고 일라이가 쌩하니 기숙사 방을 나섰다.

"…미안해, 퀸. 둘이 같이 쓰는 방인데 괜히 나 때문에 불편하게 만들어서."

"아니 다행이군."

"그리고 고마워."

차갑게 쏘아붙이려던 퀸이 멈칫했다.

"쓰러진 날 업고 데려와 줘서. 덕분에 그나마 몸 상태가 이 정도인 것 같아."

퀸이 아니었다면 아마 지금까지 냉한 그곳에서 이불도 없이 잠들어 있었을 것이다. 그랬다면 약한 몸뚱이가 어떻게 되었을지 장담할 수 없다. 아무 일도 일어나지 않아서 정말 다행이었다.

"입학 첫날부터 신전에 실려 갈 수는 없잖아. 소식을 들으면 집에서도 걱정하실 테고……."

꼭 아버지가 아니더라도 말이다.

"나중에 내가 보답할게. 정말 고마웠어…… 퀸……."

어느덧 수마가 다시 몰려들었다. 머리가 깨질 것처럼 아프다. 여전히 위장은 쓰리고 입에선 역한 술 냄새가 풍겼다. 이 모든 게 한숨 자고 나면 나아지기를 바라며 바율은 다시금 잠에 빠져들었다.

"……."

퀸은 갈등했다.

나랑은 상관없잖아. 저 녀석이 숙취로 고생을 하건 말건 그건 내 알 바가 아니야.

이런 마음이 반이라면, 다른 반쪽은 녀석이 어젯밤 자레드와 벌였던 내기의 조건을 떠올렸다.

2.

"어이쿠, 또 하나 잡아 버렸네."

자레드의 말이 끝나기가 무섭게 술잔이 바율 앞에 놓였다. 투명한 유리잔을 가득 채우고 있는 자줏빛 액체가 불길하게 출렁거린다. 몇 번을 마셔도 도저히 적응할 수 없는 맛이었다.

"왜, 포기하고 싶어?"

바율이 말없이 고개를 들어 응시하자 자레드가 배시시 웃었다.

"구미가 좀 당기나 보지?"

글쎄. 게임에서 이기고 싶기는 하지만, 술을 마시고 싶지 않은 것 또한 사실이다. 쓰고 독하기만 한 이런 술을 어른

들은 왜들 그렇게 마시려는지 잘 모르겠다.

"내가 두 번은 안 권한다고 했는데 특별히 기회를 줘 볼까?"

"기회?"

"그래, 지금이라도 내 쪽으로 들어오는 게 어때?"

자레드의 눈빛이 악마처럼 번뜩였다.

'네 밑에서 저 선배들처럼 굴라고?'

급이 맞는 사람끼리 어울려야 한다던 녀석의 말이 생각났다. 더불어 퀸을 모욕하던 모습도.

"지게 되면."

"뭐?"

"게임에서 지면 그렇게 할게."

"그래? 그럼 들어오겠다는 얘기네?"

내심 그러길 바랐는지 자레드의 표정이 확 밝아졌다.

"단, 내가 이길 경우엔 나도 조건이 있어."

"조건이라니?"

"더는 퀸을 모욕하지 마."

"뭐야?"

"자신 없어?"

"아니, 그럴 리가! 좋아! 어차피 내가 이길 텐데 뜻대로 해 주지."

바율의 도발에 자레드는 쉽게 넘어왔다. 술잔을 입으로 가져가며 바율이 마지막으로 당부했다.

"그 약속 꼭 지키길 바라. 네가 남자라면 말이야."

3.

게임에서 승리한 것은 바율이니 내기에서도 이긴 것과 마찬가지다. 하지만 자레드가 정녕 그 내기를 지킬 거라 생각했다면 녀석은 정말 순진한 거였다.

애초에 그런 약속을 지킬 상대였으면 한밤의 납치극 따위는 꾸미지도 않았을 것이다. 놈의 행동에 일말의 변화도 없을 거란 것에 퀸은 대양의 눈이라도 걸 수 있었다.

왜? 녀석은 무엇 때문에 그런 내기를 한 것일까?

처음엔 감히 허락도 없이 자신을 내기 조건으로 내세운 녀석의 행태에 어이가 없었다. 인어국의 왕자로서 한낱 인간들의 놀잇거리가 된 것 같아 화도 났다.

하지만 필사적인 녀석의 모습에 곧 기분이 묘해졌다. 한편으론 궁금하기도 했다. 어째서 자신을 위해 저렇게까지 애를 쓰는지.

몸도 제대로 가누기 힘든 상태로 죽을힘을 다해 체스를

두는 바율 때문에 결국 퀸은 중간에 돌아서지 못하고 지켜볼 수밖에 없었다. 끝내는 둘러업고 기숙사로 돌아오기까지 했다.

'그러곤 술주정까지 들어야 했지.'

"혀엉……."

바율이 침대에 누우면서 꼬부라진 혀로 제일 먼저 찾은 것은 형이었다. 물에 빠져 죽었다던 녀석의 쌍둥이 형제.

인어족으로서 우월감을 느낄 때가 이럴 때다. 드러내 놓고 말한 적은 없지만, 인간이 아니란 이유만으로 멸시를 당할 때마다 퀸은 따지고 싶었다.

물에서 숨도 쉬지 못하는 주제에.

뭍에서밖에 살아갈 수 없는 주제에.

하지만 지금 순간만큼은 그런 감정을 가질 수가 없었다. 형을 부르는 녀석의 음성이 너무 애처로웠기 때문이다.

"미안해…… 흑흑, 내가 정말 미안해……."

급기야 녀석은 흐느끼고 있었다.

뭐가 미안하다는 걸까?

이불을 덮어 주던 퀸의 이마에 굵은 힘줄이 돋았

다 사라졌다. 눈물로 뒤범벅된 녀석의 얼굴이 마음에 들지 않았다. 제국의 영웅이라는 자를 아버지로 둔 녀석이 뭐가 이리 사연이 많고 복잡한지. 예상했던 부류의 인간이 아니었다.

"젠장."

손수건을 가져와 눈물을 닦아 냈다. 이런 스스로가 못마땅했지만, 왠지 두고 보기가 그랬다. 그때 녀석이 다시 흐느꼈다.

"아버지, 죄송해요. 흐흐흑, 모두가 제 잘못이에요."

'잘못?'

바율의 얼굴에 닿아 있던 퀸의 손길이 멈칫했다.

방금 전엔 형에게 미안하다 사과를 하고, 이젠 아버지에게 용서를 구한다.

설마 이 녀석 때문에 형이 죽었단 말인가?

슬퍼 보이는 눈빛은 그래서였나?

어디까지나 추측일 뿐이지만 퀸은 감이 좋은 편이었다. 만약 사실이라면 녀석은 죽을 때까지 내려놓을 수 없는 무거운 짐을 이고 살아가야 한다. 어쩌면 죽어서도 벗어나지 못할 수도.

'그래, 이건 녀석이 불쌍해서야. 다른 무엇도 아니야.'

퀸이 발길을 돌려 바율의 침대로 다가갔다. 밤사이 자고 일어나면 조금 멀쩡해질 줄 알았는데 꼴이 말이 아니다. 허연 얼굴은 둘째치고 숨소리가 매우 거칠었다. 아무리 약골이라지만 수준이 심각하다.

한참을 말없이 바율을 내려다보던 퀸의 손길이 녀석의 이마로 향했다. 탁자로 엎어질 때 난 상처인지 가운데가 약간 불그스름하게 부어 있었다.

퀸은 눈을 감고 대기에 집중했다. 그의 푸른색 머리칼이 일전에처럼 진한 색으로 물들었다. 주변의 공기가 마치 보이지 않는 해일이 몰려오듯 팽팽하게 당겨졌다.

그러길 잠시 후, 바율의 부어올랐던 이마가 서서히 가라앉기 시작하더니 불그스름한 피부색도 원래의 모습을 되찾았다. 창백하던 뺨에도 생기가 돌았고, 거칠던 숨소리도 어느새 고르게 변하였다.

이상한 건 퀸이었다. 멀쩡하던 그가 갑자기 두통이라도 온 듯 관자놀이를 누르며 침대로 가 누웠다. 그런 그의 이마에는 좀 전의 바율과 같은 불그스름한 빛깔이 돌아 있었다. 술 냄새까지 풍기는 게 흡사 바율의 증상을 그대로 가져온 것 같았다.

그렇게 얼마나 지났을까. 닫혀 있던 방문이 와락 열리며 일라이가 성큼성큼 안으로 들어왔다.

"바율, 나 왔어!"

그런 녀석의 손에는 예고했던 대로 뜨끈한 수프가 한 그릇 들려 있었다.

"몸은 좀 어때? 여전히 힘들어?"

잠에서 막 깨어난 바율의 이마에 손을 짚으며 일라이가 예리한 눈길로 쓱 훑어 내렸다.

"열은 내렸고, 안색도 뭐 괜찮아 보이는데?"

"한숨 잤더니 한결 나아진 것 같아."

"그래? 속은?"

"음…… 속도 괜찮은 것 같아."

말하면서도 바율은 의아스러웠다. 잠들기 전까지만 해도 죽을 것 같이 힘들었는데, 마치 마법처럼 몸이 정상으로 돌아왔다. 오히려 평상시보다 상태가 좋은 것 같기도 하다.

아무리 잠이 보약이라지만 이렇게까지 괜찮아질 수 있는 건가? 술을 그렇게 먹었는데?

"우아! 바율, 너 술 세구나?"

"…어?"

"네가 마신 술, 그거 엄청 독한 거거든. 블러드 오브 드래곤 맞지? 자레드 놈이 체스로 장난칠 때 주로 그 술을 사용하거든. 몇 잔이나 마셨어?"

"한 열 잔 정도?"

"헉!"

일라이의 입이 쩍 벌어졌다.

"이제 보니 너 완전 술꾼이잖아? 그렇게 마시고 하룻밤 사이에 멀쩡해진 사람은 너밖에 없을 거다!"

"…그런 거야?"

"그럼! 몸이 약한 거랑 주량은 상관없나 보네. 에이, 괜히 걱정했잖아."

"미안."

사과할 일은 아닌 것 같은데 바율은 저도 모르게 미안하다 말했다.

"에이단도 식사하는 내내 얼마나 네 걱정을 했다고. 나중에 알면 완전 허무하겠다."

"에이단은 기숙사로 돌아갔어?"

"응, 수업 준비해야 하니까. 너도 얼른 이거 먹고 준비해야지."

일라이가 가져온 수프를 탁자에 내려놓으며 손짓했다.

"빨리 와 앉아. 식겠다."

뚜껑을 열자 고소한 수프의 향이 코끝을 찌른다. 어제 저녁부터 굶은 배가 갑자기 밥 달라며 아우성을 쳐 댔다.

"어이, 퀸. 다시 자는 거냐? 네 것도 가져왔어. 일어나서 좀 먹지?"

바율이 혼자 먹기에는 수프의 양이 꽤 많았다.

"왜 대답이 없지? 깊게 잠들었나?"

고개를 갸웃하며 일라이가 다가가려는데, 이마에 손을 얹고 누워 있던 퀸이 나직이 대꾸했다.

"생각 없다고 했잖아."

"뭐야, 깨어 있었어? 근데 왜 이제 답해?"

"귀찮으니까 말 시키지 마."

퀸이 등을 보이며 아예 돌아누웠다.

"그래도 좀……."

"쳇, 됐어. 내버려 둬. 안 먹으면 자기만 손해지, 뭐 우리 손해인가?"

바율이 재차 권하려는데 일라이가 그만두라며 손을 휘휘 저었다. 지금은 시간도 없거니와 둘이 애원을 해도 먹을 녀석이 아니란 걸 알기 때문이었다.

"자, 스푼."

"고마워."

이토록 살뜰하게 챙겨 주는 친구가 있다는 게 바율은 아직도 믿기지가 않았다. 고작 하루 사이에 이런 정을 나누어 주는 친구가 또 있을 수 있을까? 정말이지 고맙고 또 고마웠다.

"맛있다!"

따끈한 수프가 입에 들어가자 사르르 몸이 녹는 듯한 기분이었다. 먹는 속도가 점차 빨라지며 어느새 그 많던 수프가 바닥을 보이기 시작했다. 그런 바율의 모습을 일라이가 뿌듯한 눈으로 지켜보았다.

4.

아카데미에서 맞이하는 두 번째 날이었다. 오늘의 첫 수업은 바율이 가장 자신 없어 하는 승마였다. 승마라면 피하고 싶은 게 솔직한 심정이지만, 학생인 바율에게 그럴 권한이 있을 리가 없었다.

그나마 다행인 점은 룸메이트인 퀸과 에이단도 함께 수업을 듣게 되었다는 것이었다. 일라이는 마법학부 수업이 줄줄이 있어서 점심시간까지는 만날 기회가 없었다.

"바율!"

바율이 퀸과 어정쩡한 거리를 유지한 채 혼자 서 있는데, 에이단이 손을 흔들며 달려왔다. 흘깃흘깃 몰래 쳐다보는 아이들 속에서 아는 얼굴이 보이자 바율은 새삼 반가웠다.

"에이단!"

"먼저 와 있었네? 몸 상태가 안 좋아서 오늘 수업은 빠질 줄 알았거든. 괜찮은 거야?"

"응, 덕분에."

바율은 안심하라며 부러 활짝 웃음을 지어 보였다.

"정말 괜찮아? 어제 술 엄청 마셨다고 들었는데."

"너무 멀쩡해서 탈이야. 라이가 가져온 수프도 안 남기고 싹싹 다 비웠는걸."

"그래?"

괜찮다는 바율의 말에도 에이단은 쉬이 의심을 거두지 못했다. 가늘어진 눈동자로 바율의 몸을 자꾸 위아래로 살핀다.

"그럴 리가 없는데……."

하지만 온전한 모습의 바율이 눈앞에 있다. 이상하긴 해도 당사자가 괜찮다는데 뭐라 더 할 수 있겠는가. 술을 그렇게나 마시고도 이토록 멀쩡하다는 건 다행이라고밖에 할 수 없었다.

"퀸, 고맙다."

에이단이 갑작스레 툭 내뱉었다. 그러자 아이들의 웅성거림이 커진다.

그도 그럴 것이 오늘의 이슈는 비단 바율뿐만이 아니었다. 술 먹기 체스에서 바율이 이긴 것도 놀랍지만(심지어 말짱하기까지 하다), 술에 취한 바율을 직접 업고 기숙사 방으로 데려간 퀸의 대처에 대해 다들 수군수군 말들이 많았다.

새 학기가 시작되고 지금까지 퀸은 늘 혼자였다. 인어족이라고 무시하며 따돌린 탓도 있지만, 홀로 고고한 척 인간과는 어울리지 않던 퀸의 탓도 있었다. 실제로 그는 호의적인 몇몇 학생과도(일라이와 같은) 거의 말을 섞지 않았다. 그런 퀸의 태도는 아이들에게서 더 큰 냉대와 멸시를 불러일으키곤 했다.

룸메이트는 다르다는 건가?

퀸의 새로운 행보는 아이들의 호기심을 자극하기에 충분했다. 더욱이 상대는 바율이었다. 대 란데르트 공작가의 유일한 후계자.

미래를 생각한다면 바율은 알아 두어서 결코 나쁘지 않은 존재였고, 친해진다면 더없이 좋을 상대였다. 그럼에도 아이들이 쉽게 다가가지 못하는 건 그만큼 바율의 배경이 대단해서였다.

엄두를 내지 못했다고 해야 할까? 물론 떠도는 소문도 한몫하였고 말이다.

퀸과 바율.

어쩐지 조합이 불균형한 것 같으면서도 묘한 분위기를 만든다. 인간이 아니어서 그렇지, 사실 퀸도 아이들이 좋아할 만한 구석을 많이 지녔다.

은빛을 머금은 푸른색 머리칼은 인간에게선 결코 볼 수 없는 신비한 색이다.

피부는 또 어떤가. 깊은 산중에서나 볼 수 있는 일급수 물처럼 맑고 투명하다. 푸른빛이 감도는 입술은 창백한 듯하나 촉촉했고, 파란 눈동자는 마치 보석을 박아 놓은 듯 영롱하다.

지느러미 모양의 귀도 두어 달이 지난 지금은 거북하기는커녕 오히려 퀸을 특별한 존재로 인식하게 할 뿐이었다. 대놓고 인정하지 않을 뿐, 많은 여학생이 이미 퀸의 미모를 흠모하고 있었다.

"……."

에이단의 고맙단 인사에도 퀸은 역시나 대꾸가 없었다. 자신과는 상관없다는 듯 꼿꼿한 자세로 눈 하나 깜짝 안 한다.

"에이단!"

그때 누군가 그들에게로 걸어왔다.

"슈빅."

갈색 머리, 갈색 눈, 눈에 띄게 긴 다리. 주인공은 이제껏 말로만 들었던 아카데미의 정보통, 슈빅이었다. 뒷모습밖에 보지 못했기에 바율에겐 지금이 첫 만남이나 마찬가지였다. 콧잔등에 난 주근깨 때문인지 큰 키에도 불구하고 인상이 귀여운 소년이었다.

"이쪽은 바율. 알지?"

모를 리가. 슈빅이 수줍은 듯 바율에게 인사했다.

"안녕, 난 슈빅이라고 해. 어제는 도망가서 미안."

로티어스 교수님의 방에서 나왔을 때를 말하는 모양이었다.

"아니야, 그럴 수 있지. 반가워, 슈빅."

바율이 개의치 않고 웃어 주자 슈빅의 분위기가 금세 달라졌다. '정보통' 이라는 별명에 걸맞게 그는 호기심이 아주 왕성했다.

"대체 자레드를 어떻게 이긴 거야? 원래 체스를 잘 뒀어? 술은? 술도 원래 잘 마시는 편?"

"…어?"

"어젯밤 까마귀 둥지엔 누구누구 있었어? 혹시 선배들도 있었나? 그랬다면 피에르 선배? 눈이 이렇게 찢어져서 꼭 족제비 같이 생겼는데, 기억나?"

속사포 같은 슈빅의 질문에 바율은 정신이 다 산만했다. 뭐부터 답을 해야 할지 미처 정리가 안 된다. 그러다 문득 의아함을 느꼈다.

'근데 다 알고 있는 거 아니었나?'

분명 간밤의 사건에 대한 소문의 발상지는 슈빅이었다. 그런데 어째서 하나도 모르는 눈치일까? 뭔가 앞뒤가 맞지 않는다.

"저, 슈빅."

"어어, 말해."

바율이 입을 열자 슈빅이 안달하며 바짝 붙었다.

"어젯밤 소식을 알린 게 슈빅, 너라고 들었거든. 직접 본 거 아니었어?"

"내가? 아니야! 무슨, 전혀!"

아니라고?

"그럼 어떻게……?"

"아, 쪽지를 받았어."

"쪽지?"

"응, 일어나 보니 문틈에다가 그런 걸 남겼더라고. 보여 줄까?"

바율이 고개를 끄덕이기도 전에 슈빅이 주머니에서 꼬깃꼬깃해진 종이를 꺼내 펼쳤다.

자정 경 까마귀 둥지, 바율과 자레드 체스 대결.

승자는 바율, 술 취한 녀석을 퀸이 등장하여 데리고 감.

종이엔 딱 핵심적인 내용만 적혀 있었다.

"누가 이런 쪽지를 보낸 거야?"

"나도 몰라. 난 그냥 '조력자' 라 부르지."

"조력자?"

"응, 가끔 이런 식으로 내가 모르는 소식을 알려 줄 때가 있거든. 여태 한 번도 틀린 적이 없었어."

슈빅의 표정으로 보건대 조력자를 대단히 신뢰하고 있는 것 같았다.

'조력자라니 누굴까? 어떻게 내 일을 알고 있지?'

어젯밤 술에 취하긴 했지만, 까마귀 둥지에 있었던 건 바율과 자레드 패거리, 그리고 퀸 정도였다.

그중에 몰래 슈빅의 조력자가 있는 것일까? 아니면 퀸처럼 엿보던 사람이 또 있었던 것일까?

정황상 가장 먼저 의심이 되는 건 퀸이었지만 바율은 이내 부정했다. 그의 성격과 어울리지도 않거니와, 만약 그였다면 쪽지에 저렇듯 본인의 얘기를 적지 않았을 것이다.

정말 누구지?

"누군지 몰라도 대신 퍼뜨려 주길 원했을 거야. 난 그의 요구에 충실했을 뿐이고! 암!"

슈빅은 굉장히 뿌듯한 얼굴이었다. 마치 어떤 사명감을 갖고 있는 것 같기도 했다.

"그래서 말인데, 혹시 어젯밤 조력자로 의심되는 사람

본 적 있어? 언제부턴가 되게 궁금하더라고. 일반인들이 알기 힘든 정보를 물어다 주는 경우가 많았거든. 어떻게 알고 그 밤중에 까마귀 둥지까지 찾아갔을까? 바울, 뭐 본 거 없어?"

"미안, 체스를 두느라 정신이 없었거든."

슈빅이 고개를 내젓는 바울을 실망에 찬 눈빛으로 쳐다보며 중얼거렸다.

"까마귀 짓은 아닐 테고…… 흠, 진짜 누구지."

"까마귀?"

"아, 그냥 하는 소리야. 거기가 까마귀 둥지잖아. 못 봤어?"

"…어?"

"아, 밤이라서 못 본 모양이구나? 거기 실제로 까마귀가 살아. 그래서 우리가 까마귀 둥지라고 부르는 거고. 여기 에이단은 그 녀석한테 이름까지 지어 줬는걸? 그치, 에이단?"

"으응, 뭐…… 그랬지."

"이름이 뭐였더라, 세바스티앙인가? 맞지?"

갑작스러운 새 얘기에 에이단이 조금 당황한 눈치였다. 그러고 보니 잉그리드도 그렇고, 에이단은 유난히 새를 좋아하는 것 같았다.

잉그리드는 잘 있을까? 삐욕거리며 손바닥에서 귀엽게 울던 잉그리드가 문득 떠올랐다.

"온다."

그때 건너편을 바라보며 슈빅이 낮게 속삭였다. 누가 온다는 거지? 의아한 기색으로 슈빅의 시선을 쫓던 바율의 안색이 굳어지는 건 시간문제였다.

승마장 저편에서 자레드가 나타난 것이다. 녀석의 양옆으론 마치 호위 기사처럼 패거리가 꽉 달라붙어 있었다.

"자레드도 우리와 같은 수업이야. 눈빛 한번 되게 살벌하네."

멀리서도 자레드의 두 눈이 형형하게 빛나는 것이 느껴졌다. 이쪽을 향해 걸어오는 모양새가 흡사 복수라도 할 기세다. 드높은 자존심에 생채기가 났으니 어련하실까. 다소 긴장되었지만 바율은 담담하려고 노력했다.

"속은 좀 어때?"

아이들의 시선을 의식해서인지 자레드가 미소를 머금은 채 안부를 물었다. 다분히 가식적인 멘트였으나 바율 역시 웃으며 대꾸했다.

"보다시피."

"내심 걱정했는데 다행이다. 맥주로 하길 잘했어."

맥주? 설마 본인 입으로 맥주를 마셨다고 자백하는 것인가?

그러나 설마는 그냥 설마일 뿐이었다.

"신고식에 맥주라니 좀 어울리지 않지만, 그렇다고 몸도 약한 사람에게 독한 걸 먹일 수가 있어야지. 이렇게 멀쩡한 모습을 보니깐 내가 다 안심이 된다. 안 그러냐, 애들아?"

'그러게', '봐주길 잘했네', '한 번 더 해도 되겠는걸?' 등 각기 대답하는 모습이 과장되기 그지없다.

어제 식당에서와 똑같은 상황이었다. 겉으론 바율에게 말하고 있으나 실상은 아이들에게 하는 말인 것이다. 바율이 마신 건 독한 술이 아니라 흔한 맥주였다고 말하면 그나마 체면이 설 수 있다고 생각하는 듯했다.

"어제는 즐거웠다. 네가 체스를 그렇게 잘 둘 줄 몰랐어. 물에 빠져 죽었다던 형이랑 매일 체스라도 두었나 보지?"

형을 거론하는 자레드의 말에 바율의 표정이 순간 굳었다. 그러자 기다렸다는 듯 비릿한 미소가 자레드의 입가에 피어난다.

"자레드, 그건 네가 봐준 거잖아. 저 녀석이 계속 마시면 죽을 거 같다고 애원하는 바람에 어쩔 수 없이!"

"아냐, 그래도 진 건 진 거지."

"사내놈이 계집애처럼 막 우니까 마음 약한 네가……."

"그만! 듣는 바율 무안하겠다."

내가 무안하다고?

'하하.'

기가 막혀서 그저 웃음만 나온다. 이런 게 한 사람 바보 만드는 조작 같은 것이구나. 태연히 거짓을 말하며 웃어 대는 녀석들의 행태에 바율은 어이가 없는 한편 안쓰러움마저 느꼈다.

"진짜 못 들어 주겠네. 맥주를 마신 건 자레드 너잖아. 그래 놓고 바율에겐 지독한 블러드 오브 드래곤을 주고 말이야. 이제 와서 그런 거짓말이 통할 것 같냐?"

바율을 대신해서 나선 건 에이단이었다. 녀석이 언제나처럼 용기 있게 자레드와 맞섰다.

"누가 그래? 그 반대거든!"

"네가 체스로 장난칠 때마다 상대에겐 독한 술을 주고 정작 너는 맥주 마신다는 거, 아는 애들은 이미 다 아는 사실이야."

"뭐, 뭐야?"

"막상 게임에서 지니깐 쪽팔려서 그러냐? 어떻게든 사실을 왜곡해 보려고 애쓰는 것 같은데, 여기서 네 말 믿을 사람 하나도 없거든? 그러니 고만 포기하고 네 자리로 꺼져."

"내가 진 게 아니라 져 준 거라고 했지!"

"그래, 다 양보해서 져 줬다고 치자. 근데 네가 방금 전에 그러지 않았어? 진 건 진 거라고. 설마 복수라도 하겠다는 거냐? 찌질하게 뭔 말이 그리 많아?"

“…너 지금 찌질하다고 했냐?”

“그래, 찌질찌질! 게임 결과를 입막음하려고 할 땐 언제고 일부러 져 줬대? 나 참, 지나가는 똥개가 웃겠다!”

“무, 무슨! 내, 내가 언제!”

“네가 얼굴이 벌게져서는 그랬잖아. 다들 입 닫으라고. 야, 거기 너희들! 말 좀 해 봐라. 얘가 안 그랬냐?”

“너, 너…… 꼭 직접 본 것처럼 말한다? 누구야? 어느 새끼야? 너한테 꼰지른 게!”

당황하던 자레드가 서슬 퍼런 얼굴로 친구들을 쏘아보았다. 다들 절대 아니라며 손사래를 쳤지만 자레드는 믿는 눈치가 아니었다. 배신자가 없다면 에이단이 이렇듯 자세히 알 리가 없었다.

“엄한 애들 잡지 마라.”

“어떤 새끼인지 말 안 해?”

“누구한테 들었는지가 그렇게 중요하냐? 사실인지 아닌지가 중요하지. 자레드 너, 한 번만 더 바율에게 이런 장난 쳤다간 알아서 해라. 그땐 나도 가만있지 않을 테니까.”

“경고라도 하는 거냐?”

어이없다 못해 가소로울 지경이었다.

“어린놈한테 경고를 다 받고, 정말 어처구니가 없군. 좋아, 기대하지. 곧 날이 올 거야.”

이런 싸움이라면 언제든 환영이었다. 얌전히 복종하는 놈들과는 또 다른 재미가 있다. 자레드가 에이단, 바율, 퀸, 그리고 마지막으로 슈빅을 노려본 뒤 몸을 획 돌려 자리를 옮겼다. 그 뒤를 똘마니들이 죄수인 양 고개를 푹 숙인 채 따라갔다.

"어쩐 일로 조용히 넘어간대."

자레드가 멀어지자 꿀 먹은 벙어리처럼 입을 닫고 있던 슈빅이 본연의 재잘대던 모습으로 돌아갔다.

"소문 퍼뜨렸다고 지랄 지랄할 줄 알았는데 말이야."

"너도 저 녀석이 무섭냐?"

"무서우면 어젯밤 얘기는 아예 꺼내지도 못하지."

"근데?"

"그냥 뭐 좀 꺼림칙하달까? 괜히 엮이면 피곤하잖아."

"피곤해질 걸 알면서 소문은 왜 내는데? 너도 참 특이하다."

"입이 근질근질한 걸 그럼 어떡하냐? 덕분에 다들 진실을 알게 됐잖아. 난 옳은 일을 했다고 생각하거든. 안 그래, 바율?"

슈빅의 눈빛은 마치 칭찬받고 싶어 하는 어린아이의 그것 같았다. 고마운 건 사실이기에 바율이 웃으며 고개를 끄덕이는데, 수업 종이 울리며 마사 재닛 교수가 등장했다.

"역시 시간은 칼 같이 지키신다니까. 오늘도 라나사를 옆에 끼고 계시네."

슈빅의 음성에는 어쩐지 불만이 섞여 있었다.

삼십 대 초반쯤 되었을까? 바율의 눈에 비친 재닛 교수님의 첫인상은 굉장히 아름답다는 것이었다.

짧은 머리를 하고 있지만, 섬세한 얼굴형에 뚜렷한 이목구비. 몸매는 늘씬했고 검게 탄 피부는 탄력이 넘쳤다.

단점이라면 아름다운 외모와 달리 표정이 얼음처럼 차갑다는 것이었다. 그녀가 왜 독장미라 불리는지 알 것 같았다.

"에이단, 너도 느끼지 않냐? 재닛 교수님이 라나사만 너무 편애하시는 거?"

"편애라니?"

"눈치 못 챘어? 같은 여자라고 엄청 챙기시잖아."

"챙기는 건 잘 모르겠고, 그냥 신경을 조금 더 쓰시는 거 아닌가?"

"그게 챙기는 거지!"

슈빅이 답답하다는 듯 인상을 찌푸렸다.

"왜 그러시겠냐? 그게 다 같은 여자라서 그런 거 아니냐고!"

"난 그렇게 생각 안 하는데."

"그럼 뭔데? 왜 그러시는 건데?"

"학부 장학생이잖아. 로건이랑 대련이 가능한 유일한 여학생이기도 하고. 그래서 눈여겨보시는 거겠지."

"네가 로건 얘기를 먼저 꺼내고, 웬일이냐? 싫어하는 거 아니었어?"

"싫으면 말도 못 꺼내냐?"

"오, 싫은 건 싫은 거고 인정은 한단 말이네? 그래, 녀석이 좀 많이 잘나긴 했지? 쓸데없이 우월해요. 뭐 하나 빠지는 게 없잖아. 키 커, 얼굴 미남이야, 머리 좋아, 집안까지 훌륭해. 이 정도면 완전 사기급이지."

"나도 점점 크고 있거든? 내년이면 지금 너보다 훨씬 더 클 거라고!"

"나도 부디 꼭 그리되길 바란다. 그래야 지랄 같은 네 성질이 좀 사그라질 거 아니겠어?"

"너 이 자식 말 다 했냐? 내 성격이 어디가 어때서! 너보다……!"

"저기, 말이야."

바율은 에이단과 슈빅 간의 실랑이에 끼고 싶은 생각이 추호도 없었지만, 낯설지 않은 이름 때문에 가만히 있을 수가 없었다.

"방금 로건이라고 한 거 맞아? 로건 드 세이모어. 그 녀석이 여기 아카데미에 다니는 거야? 우리랑 같이?"

"응? 뭐라고, 바율?"

그러나 바율의 목소리는 소음에 묻혔다. 별안간 거친 말들의 울음소리와 함께 땅이 진동했다.

"뭐, 뭐야?"

사태를 자각했을 땐 이미 늦었다. 승마장 한구석에 매여 있던 말들이 무엇에 놀랐는지 갑자기 폭주하며 날뛰기 시작한 것이다. 고삐가 어떻게 풀렸는지 몰라도 말들이 사방으로 퍼지며 순식간에 난장판이 되었다.

"으아악!"

"다들 피해!"

누군가의 외침에 아이들이 저마다 황급히 몸을 날렸다.

'모, 몸이 말을 듣지 않아!'

하지만 바율은 꼼짝할 수가 없었다. 발바닥이 땅에 붙기라도 한 듯 뜻대로 움직여지지가 않았다.

'아, 아버지!'

한 필의 말이 바율을 향해 전속력으로 달려왔다. 저절로 머릿속에 아버지가 떠오른다. 형의 얼굴도 뇌리를 스쳐 갔다.

'바일!'

두려움과 공포에 바율은 입술을 깨물며 눈을 질끈 감았다.

Chapter 8.
발병

1.

"꺄아아악!"

"엄마아!"

비명이 난무했다. 이어질 참사에 도망치던 아이들이 뒤를 돌아보며 외마디 소리를 질렀다. 몇몇 학생들은 차마 볼 수 없어 고개를 돌리며 외면했다.

"바율!"

"레드메인, 멈춰!"

그러나 기적은 일어났다. 눈을 감은 채 잔뜩 긴장하고 있던 바율은 이상하게도 아무런 고통도 느낄 수가 없었다.

뭐지? 뭐가 어떻게 된 거지?

어디 한 군데 부러질 각오쯤은 하고 있었다. 그 정도로만 끝나도 다행이라고 여겼다. 그저 죽지만 않게 해 달라고 신께 빌었다.

한데 고통은커녕 아무런 자극도 충격도 없다. 사고의 여파로 몸에 마비라도 온 것일까? 이게 말로만 듣던 신경 손상? 설마 내가 죽은 건 아니겠지?

'안 돼!'

바율은 황급히 눈을 떴다.

"…헙!"

눈을 뜬 바율은 비명을 겨우 삼켰다. 놀랍게도 몸은 말짱했다. 긁힌 자국 하나 없었다. 눈을 감기 직전 그 자세 그대로 땅에 서 있었다.

"푸르릉!"

달라진 점이라면 거대한 흑마가 바로 코앞에서 거친 숨을 몰아쉬며 바율을 위협하고 있다는 것이었다.

"괜찮아, 바율. 조금 흥분한 것뿐이야. 놀라지 않아도 돼."

어느새 옆에는 에이단이 다가와 있었다. 녀석이 바율을 진정시키며 흑마에게로 손을 뻗었다.

"그래, 그래, 레드메인. 잘했어. 정말 착하다."

흑마의 콧등을 쓰다듬는 에이단의 손길은 매우 익숙해

보였다. 말의 얼굴에 이마를 대고 위로하듯 말을 건네는 녀석은 이제껏 보았던 어느 모습보다 자상하고 다정했다.

"장해, 레드메인."

레드메인이 말의 이름인 듯하다. 그러고 보니 조금 전 들은 것 같다. '레드메인, 멈춰!' 라고 했었지? 그럼 에이단의 명령을 듣고 말이 스스로 멈췄다는 것인가? 그렇게 흥분한 와중에?

사실이라면 정말 대단한 일이 아닐 수 없었다. 미쳐서 날뛰는 짐승을 한마디 말로 제압한다는 건 아무리 노련한 조련사라도 어려운 일이다. 서로 간의 깊은 유대감이 없고서야 불가능하다.

'승마 실력만큼은 전교 최고라고 하더니, 그냥 하는 말이 아니었구나.'

에이단이 실로 다시 보이는 순간이었다.

"알아, 그러고 싶지 않았다는 거. 충분히 이해하니까 미안해하지 않아도 돼."

에이단의 말과 손길에 레드메인이 점점 안정되어 가는 게 느껴졌다. 핏발 선 눈도 정상으로 돌아왔고 흐르던 침도 멈췄다. 녀석은 에이단 앞에서 그저 한 마리 순한 양이었다.

"이게 대체 무슨 소란들이야!"

그때 날카로운 질책이 장내를 쩌렁하게 울렸다.

"이크, 교수님 완전 뿔나셨네."

슈빅이 몸을 움츠리며 중얼거렸다. 얼음처럼 차갑던 재닛 교수의 얼굴이 지금은 활화산처럼 불타오르고 있었다.

"라나사, 마구간 직원들 좀 불러오겠니."

"네, 교수님."

승마장을 둘러보는 재닛 교수의 표정이 점점 험악해졌다. 에이단의 기지로 레드메인은 진정했지만, 다른 말들은 그렇지가 못했다. 바닥에 엎어져 괴상한 소리를 내고 있는가 하면, 침을 질질 흘리며 말뚝에 몸을 비비는 등 증세도 다양했다. 더 이상 날뛰지 않고 있는 게 다행이라면 다행이었다.

"에이단, 네가 설명해 보아라."

재닛 교수가 엄한 음성으로 명령했다. 왜 하필 에이단이 지목된 건지는 모르겠지만, 녀석은 망설이지 않고 답했다.

"누군가 흥분제를 먹인 것 같습니다."

"흥분제?"

"네, 보십시오."

에이단이 승마장 곳곳에 지쳐 널브러진 말들을 가리켰다.

"붉게 충혈된 눈, 흐르는 침, 발정기 때나 내는 울음소리. 분명 누군가 먹이에 흥분제를 섞어 같이 먹인 겁니다. 짧게 끝난 걸 보면 그나마 양이 그리 많지는 않았던 모양이고요."

누군가로 지칭하고 있지만 에이단의 눈은 줄곧 한 방향을 노려보고 있었다.

'자레드? 왜……? 설마, 나 때문에?'

아닐 거라 믿고 싶지만, 하룻밤 사이에 너무 많은 것을 겪은 바율이었다. 그가 아는 자레드라면 충분히 이런 일을 벌이고도 남았다.

맙소사.

그리고 재닛 교수는 바보가 아니다. 그녀가 무서운 눈길로 자레드를 노려보았다.

"쳇."

뜸 들이던 녀석이 제 발을 움직이기 시작한 건 재닛 교수의 눈빛이 점점 싸늘하게 식을 무렵이었다. 아무 말도 하지 않았지만, 자레드가 알아서 그녀 앞에 와 섰다.

"말들에게 무슨 짓을 한 거지?"

"짓이라니요?"

"환락의 풀이라도 먹인 게냐?"

"닭이나 토끼 같은 작은 짐승에게 먹이면 바로 죽는다는 그 무시무시한 풀 말입니까?"

교수의 말에 답은 않고 되묻기만 한다. 녀석의 거만함이 학생들에게 국한된 것만은 아님을 알게 되는 순간이었다.

“재닛 교수님, 제가 그렇게 할 일 없어 보입니까? 그런 걸 왜 먹입니까? 저 아닙니다.”

“그럼 여긴 왜 나왔지?”

“교수님 눈빛이 너무 살 떨려서요. 그런 눈빛으로 저를 보시는데 학생이 뭔 힘이 있나요. 알아서 기어야지.”

“넌 이게 기는 태도냐!”

불량한 자레드의 태도에 참다못한 에이단이 버럭 소리쳤다. 그러자 간신히 진정했던 레드메인이 울음을 토하며 뒷걸음질 쳤다.

“미안, 레드메인. 내가 너무 화가 나서. 너한테 그러는 건 절대 아니니까 진정해. 무서워할 필요 없어. 네게는 절대 화내지 않아.”

에이단이 사과하자 레드메인은 금세 다시 안정을 찾았다. 녀석의 움직임에 덩달아 움찔했던 바율도 남모르게 안도의 숨을 내쉬었다.

“웃기고들 있네. 네가 그렇게 말하면 저 녀석이 뭘 알아듣기는 한다냐? 애도 아니고 대체 뭐 하는 짓인지.”

쯧쯧 혀를 차던 자레드의 얼굴에 이내 사악한 미소가 번졌다.

"아, 아직 애던가? 맞다, 나보다 한 살 어렸지? 키도 크다가 만 것 같은데, 가서 엄마 쭈쭈 더 먹고 와야 하는 거 아닌가?"

"뭐야? 너 이 새끼!"

"그만!"

재닛 교수의 호통이 메아리치는 순간, 주먹을 쥐고 달려들려는 에이단을 슈빅이 간신히 붙들었다. 바율도 늦게나마 거들었다.

"내가 제일 싫어하는 게 뭐라고 했지?"

재닛 교수의 물음에 에이단이 고개를 푹 숙였다.

"에이단?"

"…죄송합니다."

"그건 내가 원하는 답이 아닌데."

"동기간의 싸움을 가장 싫어하신다고 하셨습니다."

"그렇다. 난 이유 여하를 막론하고 싸움질이 세상에서 제일 싫다. 불만 없겠지?"

재닛 교수가 에이단과 자레드를 번갈아 보고는 말했다.

"에이단 벌점 1점, 자레드 벌점 5점."

"교수님! 에이단은 1점인데, 전 어째서 5점입니까? 이건 불공평합니다!"

"불공평?"

"네! 제게 덤비려 했던 건 오히려 저 녀석이라고요! 교수님도 보시지 않았습니까? 전 억울합니다!"

벌점이 누적되면 유급이 될 수도 있다. 천하의 자레드도 유급은 두려운지 벌점 5점에 눈이 회까닥 뒤집히기 직전이다.

"자레드, 벌점 5점 추가."

나지막한 재닛 교수의 말에 놀란 건 자레드뿐만이 아니었다. 바율도, 에이단도, 함께 있던 모두가 깜짝 놀랐다. 벌점 10점이면 무단 외출과도 맞먹는 수치이기 때문이다. 학생회를 통해 과한 처사라고 항의할 수도 있었다.

"지금도 억울한가?"

당연히 억울합니다!

자레드의 얼굴엔 딱 그렇게 쓰여 있었다. 하나 녀석은 아무 대답도 하지 않았다. 아니, 못 했다는 게 맞을 것이다. 입을 또 열었다가는 벌점이 더 늘어날 게 뻔하니까.

자신이 무슨 짓을 벌였는지 이미 알고 있다는 얼굴이었다. 잡아떼려면 당장은 잡아뗄 수 있겠지만 상대는 마사 재닛 교수다. 그러지 않는 게 좋다는 걸 자레드는 그간의 경험으로 알고 있었다.

"앞으로 내 벌점을 피하고 싶다면 그 불량한 태도부터 고쳐라. 또 한 번 내 눈앞에서 건방을 떨었다간 수업 자체를 듣지 못하게 할 수도 있다. 유급을 원하는 건 아니겠지?"

"…네."

악다문 이 사이로 자레드가 겨우 답했다. 네깟 년이 뭔데 이러냐고 당장에 소리치고 싶은 걸 가까스로 억누르며. 인정하기 싫지만, 재닛 교수는 아버지의 권력으로도 제어가 안 되는 굉장히 짜증 나는 존재였다.

"오늘 수업은 끝이다. 보강 날짜는 추후 알려 주겠다."

말에 문제가 생겼으니 승마 수업이 가능할 리 없다. 그토록 피하고 싶던 수업이니 바율에겐 잘된 일이었으나 쓰러진 말들을 보니 마냥 좋아할 수가 없다.

듣자 하니 작은 동물들은 죽을 수도 있다 하지 않는가. 그런 위험한 풀을 자존심이 상했다는 이유만으로 말에게 먹였다는 것에 바율은 또 한 번 기함했다.

멀리서 라나사가 직원을 데리고 오는 게 보였다. 재닛 교수가 그들에게 손짓하며 상태가 가장 심각해 보이는 말을 향해 서둘러 걸어갔다.

"자레드, 괜찮아?"

교수가 멀어지자 자레드의 똘마니들이 황급히 뛰어왔다.

"벌점 10점이라니, 너무 심한 거 아니냐?"

"저 녀석은 1점이고, 넌 10점인 게 말이 되냐고! 내가 확

학생회에다가 고발할까? 그럼 저 여자 골치 좀 아플 텐데!"

"말한테 장난을 좀 쳤기로……."

"조용히 안 해?"

안 그래도 가벼운 입이 그새를 참지 못하고 떠든다. 더 있다간 저 뚫린 입 구멍에서 뭐가 또 나올지 몰랐다. 분하지만 지금은 물러서는 게 답이었다.

'제길!'

분통에 몸서리를 치며 자레드가 즉시 승마장을 벗어났다.

"치졸한 복수극이 그만 실패로 끝난 건가?"

자레드가 떠나자 기다렸다는 듯 슈빅이 다다다 말문을 열었다.

"근데 에이단, 너 어떻게 알았냐? 봤어?"

"그걸 꼭 봐야지 아냐?"

"그럼 지레짐작으로 꼰지른 거야?"

"꼰지르긴 누가 꼰질러. 아무도 안 다쳤으니 망정이지, 자레드 말고 이런 짓 벌일 놈이 여기 또 있냐?"

"그건 그렇지. 근데 좀 이상하네."

"뭐가 이상한데?"

슈빅이 인상을 쓰며 재닛 교수를 바라봤다.

"재닛 교수님 말이야. 어째서 네 말만 듣고 자레드에게 벌점을 10점이나 주신 걸까? 녀석이 아니라는데 별 확인도 안 하시고."

"넌 녀석이 범인이 아니라는 거냐?"

"아니, 범인인 건 맞지. 아까 똘마니들이 말실수하는 것도 들었잖아. 심증만 있는 상태인데 물증까지 확 생긴 거지."

"근데?"

"그냥, 한쪽이 아니라고 하면 보통 제삼자에게 물어보거나 조사를 통해 시시비비를 가리잖아. 근데 재닛 교수님은 덮어놓고 네 말만 믿으시던걸? 안 그래, 바율?"

"어? 어, 그러게."

듣고 보니 이상하긴 하다. 재닛 교수는 아예 처음부터 에이단을 지목했다. 그리고 녀석의 말에 따라 자레드를 범인으로 단정 지었다. 에이단을 그토록 신뢰하시는 것일까?

"야, 슈빅. 자레드다, 자레드. 저놈이 저지른 미친 짓을 우리만 알고 있겠냐? 교수님들도 듣는 귀가 있거든!"

"헉! 그럼 간밤의 일을 전해 들으신 건가?"

"그렇지 않겠냐?"

"그래서 복수를 예상했다? 오오, 말 되네. 말 돼."

소문의 유포자로서 뿌듯함을 느끼는지 슈빅이 손뼉까지 치며 좋아했다. 그게 그렇게나 기쁜 일인가? 알면 알수록 신기한 구석이 많은 녀석이었다.

"근데 복수를 뭔 이런 식으로 한대? 말들이 어디로 튈지 자기가 어떻게 알고. 레드메인이 바율에게 달려들긴 했지만, 다른 데로 갈 수도 있었던 거잖아."

"그러니까 멍청한 놈이지."

"뭐?"

"됐고, 시끄러우니깐 넌 그만 가 봐라. 수업 쫑이라잖냐. 바율, 너도 어제 술 때문에 피곤할 텐데 기숙사에 들어가서 좀 쉬어."

"넌 안 가?"

"난 교수님 좀 도와드려야겠어. 이 녀석 어리광도 더 받아 줘야 할 것 같고."

에이단이 쓰다듬자 레드메인이 기분 좋은 울음소리를 냈다. 에이단을 향한 레드메인의 커다란 눈망울은 신뢰로 가득했다.

'나도 누군가 저런 눈빛으로 봐 줄 날이 올까?'

뜬금없이 부럽다는 생각이 들었다. 한 손엔 말고삐를 쥔 채 쓰러진 말들에게로 뛰어가는 에이단의 뒷모습이 오늘따라 더없이 멋져 보였다.

2.

2교시 수업은 행정학부생이라면 필수로 들어야 하는 정치경제론이었다. 다들 승마 수업의 부재로 다음 수업을 여유롭게 준비하는 반면, 기숙사로 돌아온 바율은 예상치 못한 난관 앞에서 비지땀을 흘리고 있었다.

"이게 아닌가?"

대체 몇 번째인지 모르겠다. 거울을 맞대고 기억을 더듬어가며 매고 또 매 봤지만 바율이 익히 알고 있는 그 모양이 안 나왔다.

"리타가 분명 이렇게 했던 것 같은데……."

매번 남이 해 줬지, 직접 해 본 적이 없으니 넥타이 하나를 제대로 못 맨다. 이럴 줄 알았으면 미리 배워 두기라도 했을 텐데. 때늦은 후회일 뿐이다. 처음으로 교복을 입는 날인데 넥타이가 말썽을 부릴 줄이야. 바율은 정말이지 울고 싶었다.

"라이, 어디 있는 거니."

지금쯤 마법학부 수업이 한창일 일라이가 절로 떠올랐다. 꼭 녀석이 아니더라도 누군가의 도움이 절실하다. 이런 꼴로 밖에 나갔다가는 넥타이도 맬 줄 모른다며 놀림을 당할 게 뻔하다. 그것만은 피하고 싶었다.

“다시 해 보자. 천천히.”

바율은 깊게 심호흡했다. 이게 뭐라고 긴장까지 하는지 본인이 생각해도 참 한심스러웠다.

“너 뭐 하냐?”

“으학!”

너무 집중했던 탓일까. 누가 들어오기는커녕 문 열리는 소리조차 듣지 못했다. 별안간 옆에서 들려온 목소리에 바율은 비명을 질렀다.

“뭘 그렇게 놀라지?”

불쾌했는지 퀸의 표정이 일그러졌다.

“노, 노크는 하고 들어와야지. 깜짝 놀랐잖아.”

“내 방에 내가 들어오는데 노크를 해야 하나?”

“그렇긴 하지만, 같이 쓰는 방이기도 하니까…….”

“…그렇군. 앞으론 그렇게 하지.”

잠시 생각에 잠기는가 싶더니 퀸이 의외로 쉽게 수긍했다.

“몸은 이제 괜찮아진 거야?”

“몸이라니?”

“아까 보니 혈색이 좀 안 좋은 것 같아서 말이야.”

승마장에서도 평소 그답지 않게 축 처진 모습이었다.

“어이없군. 네가 지금 내 걱정할 처지냐? 숙취로 죽을

뻔한 건 내가 아니라 너거든. 겨우 살아난 주제에 누굴 걱정해? 내가 너 같은 약골로 보여?"

"아니, 내 말뜻은 그런 게 아니라……."

"근데 넌 넥타이도 못 매냐? 여태 뭐 하고 살았기에 그런 것도 안 배웠어? 쯧, 할 줄 아는 게 있긴 한 건지."

"바율 도련님은 할 줄 아는 게 아무것도 없잖아. 바일 도련님은 뭐든 잘하셨는데. 그러니 영주님이 더 속상하신 게지."

본가에서 하인들이 늘 수군대던 소리다. 같은 말을 여기에서까지 듣게 되다니, 역시 난 쓸모없는 인간인 걸까. 정녕 바일이 아니라 내가 죽었어야 했나.

무방비 상태로 얻어맞은 한마디에 바율은 순간 넋이 나갔다. 하루에도 수백, 수천 번씩 상상하던 그 일이 떠올라 그를 괴롭혔다.

바일이 아니라 내가 죽었어야 해.

그래야 아버지도 덜 슬퍼하셨을 거야.

형이라면 제대로 된 후계자가 되어 가문을 이어받았을 테니까.

살아남은 내가 잘못이야.

"뭐야? 왜 그래?"

방금 전까지 멀쩡하던 바율의 안색이 하얗게 변하자 퀸이 당황했다. 무슨 생각을 하는지 녀석의 동공이 지진이라도 난 듯 마구잡이로 흔들렸다.

"야!"

이러다 또 쓰러지는 건 아닌가 덜컥 드는 걱정에 급히 바율을 붙들고 자신을 향해 돌려세웠다.

"너 왜……!"

그때 녀석의 잿빛 눈동자에서 눈물 한 방울이 죽 흘러내렸다. 무언가에 홀린 듯 초점도 없다.

'뭐야. 왜 이래?'

자신이 뭔 말을 했다고 갑자기 눈물을 보인단 말인가.

이 녀석 우는 게 특기인가? 왜 자꾸 내 앞에서 우는 건데? 내가 잘못이라도 한 것 같잖아!

'짜증 나.'

진짜 손 많이 가는 인간이었다.

"이까짓 것 좀 못 맨다고 사내놈이 질질 짜냐?"

퀸이 신경질적으로 바율의 넥타이를 매만졌다.

"너 울보지? 뭘 그렇게 울어? 우울증이라도 걸렸어?"

퀸의 손길은 거침이 없었다. 몇 번 신속하게 움직이자 금세 넥타이가 완성되었다.

“자, 봐라.”

바율의 몸이 빙그르 돌았다. 퀸이 양어깨에 손을 올린 채 바율의 뒤에 섰다.

“어때? 괜찮지?”

거울 속 퀸은 바율보다 머리 하나는 더 컸다. 넥타이에 만족한 듯 퀸의 입가가 미세하게 실룩였다.

“…어?”

처음 보는 퀸의 미소였다.

‘웃기도 하네.’

뜻밖의 모습에 퍼뜩 정신이 돌아온 바율은 뒤늦게 자신의 목에 매인 넥타이를 발견했다.

“앗, 언제……?”

“너 우는 사이에.”

“우는 사이?”

그제야 거울에 비친 본인의 얼굴을 보고 바율은 깜짝 놀랐다. 울었다는 자각조차 하지 못했다. 바율은 서둘러 눈물 자국을 닦아 냈다.

“그렇게 놀랄 것 없어. 처음 본 것도 아니니까.”

‘처음 본 게 아니라니? 내가 언제 또 울었다고……?’

“근데 말이지.”

2교시 교재를 들고 방을 나서려던 퀸이 잠깐 멈춰 섰다.

"하루에 한 번만 해라. 두 번은 못 봐 주겠다."

3.

예상치도 못한 퀸의 도움으로 바율은 무사히 수업에 참석할 수 있었다. 처음 입어 보는 교복이 조금 어색했지만, 다른 아이들과 같은 옷을 입었다는 동질감에 만족스러웠다.

왼쪽 가슴에 새겨진 노란색 엠블럼도 마음에 들었다. 이제야 진짜 캐링스턴 아카데미의 학생이 된 기분이랄까.

무엇보다 좋은 건 눈에 띄게 줄어든 시선이었다. 은발이 흔치 않긴 해도 얼굴을 보지 않는 이상 바율인 걸 확신할 수 없기 때문인지 어제보다는 확실히 와 닿는 눈길이 적었다.

'진작에 입을걸.'

어제와 같은 후회를 하며 강의실의 문을 열었다. 빈자리가 몇 개 보인다. 전부 퀸 주변이었다. 바율은 망설이지 않고 걸어가 퀸의 옆자리에 당당히 앉았다.

"헐, 대박 사건!"

"간밤의 일로 둘이 절친이라도 되었나 봐. 웬일이라니!"

예상대로 아이들의 수군거림이 들려왔다. 그러거나 말거나 퀸이 정면을 응시한 채 차갑게 내뱉었다.

"옮겨."

반길 거란 기대를 애초에 하지 않았기에 바율은 말없이 책을 펼쳤다.

"내 말 안 들려?"

"들려."

"근데?"

"그냥 같이 앉으면 안 돼?"

"안 돼!"

"왜 안 되는데? 넥타이도 매 줬잖아."

"그건……!"

네가 우는 바람에 그런 거잖아!

소리치고 싶었으나 그럴 수가 없었다. 보는 눈들이 너무 많았기 때문이다.

"에이, 내가 옮기고 만……!"

퀸이 반쯤 몸을 일으켰을 때였다. 강의실 문 앞쪽으로 담당 교수인 윙킨 러너 교수가 불쑥 들어왔다. '아 씨, 또야' 하는 한숨 소리가 곳곳에서 이어진다. 종이 울리기도 전에 수업을 시작하는 건 러너 교수의 주특기였다.

'제길.'

자리를 옮기긴 글렀다. 바율이 남모르게 미소를 지은 반면, 퀸은 얼굴을 일그러뜨리며 도로 자리에 앉았다.

러너 교수는 체구는 왜소하지만, 인상은 옆집 아저씨 같은 인자함이 풍기는 중년의 남자였다. 그가 학생들을 둘러보다가 바율을 발견하곤 눈을 찡긋했다. 별다른 호명은 없었지만, 그것이 그 나름의 인사 방식인 듯했다.

“모두 착석한 것 같으니 그럼 수업을 시작해 볼까?”

볼멘소리하면서도 아이들은 하나둘 책을 꺼냈다. 바율도 눈치껏 페이지를 펼쳤다.

“오늘 수업의 주제는 정재계 주요 인사의 스캔들이 사회에 어떤 파문을 불러오는가, 에 대한 것이다. 누구 읽어 볼 사람?”

러너 교수의 말이 끝나기가 무섭게 맨 앞줄의 여학생이 손을 번쩍 들었다. 러너 교수가 웃으며 고개를 끄덕이자 그녀가 바로 일어나 읽기 시작했다.

수업의 주제는 무거웠지만, 실존했던 스캔들에 대한 이야기가 나올 땐 꽤 흥미로워 저절로 집중이 되었다.

제국은 스캔들의 천국이다. 황가의 근친혼부터 시작해서 귀족 간의 불륜, 그로 말미암은 사생아, 동성 간의 금기된 사랑 등 많고도 많았다.

바율의 아버지인 란데르트 공작 역시 평민과의 혼인으로

제국을 충격에 빠뜨린 스캔들의 주인공이 된 적이 있었다.

어머니는 정말 어떤 분이셨을까?

아들인 자신이 성의 하인들보다도 어머니에 대해 아는 것이 없다니, 모순도 이런 모순이 없다.

'반지…….'

어머니를 떠올리자 저절로 퀸의 반지로 시선이 갔다. 인어국의 귀중한 물건이라는 저 반지를 지닌 채 어머니는 아버지를 만나셨다.

다시금 머리가 복잡해진다. 이 모든 상황에 어떤 비밀이 숨겨져 있는 것만 같아서 무섭기도 하다. 어머니는 나의 어머니가 맞는 걸까? 인간이시긴 한 걸까?

자꾸 인어족과 연결이 지어지면서 말도 안 되는 상상을 불러일으켰다.

'끄응.'

수업 시간에 딴생각한 벌인지 갑자기 두통이 찾아왔다. 그리고 오랜만에, 아주 오랜만에 그 소리가 들렸다.

—많이 아파? 내가 안 아프게 해 줄까?

심장이 쿵 내려앉았다. 꽤 오랫동안 잠잠했던 소리가 별안간 고막을 울리자 바울은 거의 패닉 상태가 되었다.

'왜 벌써……? 치료받은 지 얼마나 지났다고…….'

본성에서 후안 사제와 의식을 치른 게 일주일도 채 지나지 않았다. 정녕 이럴 수는 없다.

—가만히 있어 봐. 호오! 시원하지?

쾅!

바율이 벌떡 일어서자 의자가 우당탕 뒤로 넘어갔다. 러너 교수는 물론이고 학생들 모두가 놀란 듯 바율을 쳐다봤다.

하지만 지금 가장 놀란 사람은 바율이었다. 소리가 들리는 것으로도 모자라 차가운 뭔가가 이마에 와 닿았기 때문이다.

물인가? 아니면 빗방울?

비가 오나 싶어 고개를 들었지만, 꽉 막힌 천장이 시야를 채운다. 빗물이 새어 나올 구멍은 어디에도 없었다.

이런 건 처음이다. 지금껏 들리기만 했지, 감촉을 느껴 본 적은 없다. 설마 병이 더 심각해진 건가? 왜? 무엇 때문에?

"너, 왜 그래?"

퀸이 이상하다는 듯 바율을 올려다봤다. 그 물음에 무심코 고개를 돌린 바율의 눈에 한 아이가 보였다.

여섯 살? 일곱 살?

푸른색 긴 머리를 양 갈래로 곱게 묶은 어린 꼬마 여자아이가 장난스러운 미소를 머금은 채 바율을 향해 웃고 있었다.

"너…… 너……!"

말을 건 게 너냐고 묻고 싶은데 차마 입이 떨어지지가 않았다.

—엇? 이제는 내가 보이는 거야?

당연히 보인다. 바로 코앞에 있는 사람을 보지 못할 정도로 바율은 시력이 나쁘지 않았다.

'잠깐, 사람이라고?'

분명 사람처럼 웃고 말하고 있다. 하지만 사람이 아니다. 바율의 본능이 그리 말했다.

"너, 너…… 누구야?"

—나? 나는 그냥 난데?

"뭐?"

"너 지금 누구랑 얘기하냐?"

꼬마의 이상한 대꾸에 바율이 인상을 쓰는 찰나, 퀸이 껴들었다.

"…안 보여?"

"뭐가?"

퀸의 책상에 걸터앉은 채 아이가 신이 난 얼굴로 손을 흔들었다. 그런데도 못 보는 거야?

바율이 부들거리며 한 걸음 물러섰다. 퀸만이 아니다. 전부 보지 못하고 있다. 아이가 보이는 건 오로지 자신 혼자였다.

환청에 이은 환시 증상.

“바, 바율!”

새로운 발병 현상에 바율은 그대로 기절하고 말았다.

Chapter 9.
물, 불, 바람, 땅

1.

"뭐야? 무슨 일이야?"

구슬땀을 흘리며 열심히 검을 휘두르던 에이단이 이상한 기미를 느낀 건 수업이 거의 끝나 갈 때쯤이었다. 근처 행정학부 강의실 창문 안쪽으로 어수선한 분위기가 전해지더니 곧 아이들이 우르르 몰려나왔다. 그리고 잠시 후 그 아래로 누군가 급히 뛰어가는 게 보였다. 등에 사람 하나를 업은 채로.

"뭔 일이래? 누가 쓰러졌나?"

"근데 쟤 퀸 아니냐?"

"저 키에 저런 머리 색과 길이를 가진 건 그놈밖에 없는데. 누굴 업은 거지?"

"은발인데? 신전 방향인 걸 보니 꽤 심각한 모양이야."

아픈 환자가 있다는 것보다 퀸이 누군가를 업고 뛴다는 자체가 놀라웠다. 늘 혼자인 모습만 보다가 함께인 걸 보니 어색하고 생경하달까. 그 탓에 등에 업힌 상대가 바율이라는 사실도 다들 인지하지 못했다. 에이단이 소리치기 전까지는.

"바율!"

"억! 쟤가 바율이야? 란데르트 공작 전하의 아들?"

"중병에 걸렸다더니 정말인가 봐! 입학하자마자 쓰러지고 어떡한다니? 저러다 여기서 죽기라도 하는 거 아니야?"

"그러게나 말이야. 저래서 아카데미 생활 제대로 할 수 있겠어?"

에이단이 들었다면 오지랖 그만 떨고 네 할 일들이나 잘하라며 일갈했을 테지만, 아쉽게도 녀석은 이미 바율을 향해 달려가는지라 그럴 수가 없었다.

"에이단, 아직 수업 종 안 쳤어!"

슈빅의 붙잡는 소리도 당연히 듣지 못했다.

"좀만 있으면 끝날 텐데 버티다가 가지. 암튼 저 녀석 성격 급한 건 알아줘야 한다니까."

투덜대는 슈빅 앞으로 갑자기 검은 그림자가 휙 지나갔

다.

"어라? 야, 로건! 넌 또 어디 가!"

담당 교수가 잠시 자리를 비웠으니 망정이지, 수업 중 이탈은 벌점 대상이었다.

"둘 다 우등생이라 이거냐? 겁 없는 자식들 같으니라고."

인상 쓰며 중얼거리던 슈빅이 이내 고개를 갸웃했다.

"근데 로건은 왜 저러지? 에이단이야 그렇다 치고, 자기는 무슨 상관인데? 바율이랑 아는 사이인가?"

슈빅이 아는 한 두 사람 간의 접점은 없었다.

"흠, 다른 일 때문인가?"

그렇다고 하기엔 어쩐지 분위기가 수상하다. 어디 로건이 저렇듯 행동할 위인인가?

아카데미 최고 인기남이자 학부 제일의 실력자인 녀석을 상징하는 건 과묵과 진중함이었다. 어떤 상황에서도 서두르는 걸 본 적 없으며, 검술 외에는 전혀 관심을 두지 않는 녀석이었다.

그런 로건이 신전을 향해 미친 듯 달리고 있다? 왜일까? 뭐 때문일까?

슈빅은 궁금한 건 못 참는 성미였다. 명색이 정보통이기도 하지 않은가. 벌점이 조금 걸리기는 하나 가만히 있자니 자존심이 허락지 않는다.

"에이, 뭐 별일 있겠어?"

망설이던 슈빅이 결국 검을 내던지고 앞선 친구들을 따라 달리기 시작했다.

2.

"뭐야? 어디로 갔어?"

바로 쫓아온다고 왔는데 슈빅이 신전에 도착했을 땐 에이단은커녕 로건의 꽁무니도 찾질 못했다. 그를 반기는 건 언제 봐도 으스스한 느낌의 석상이 유일했다.

당겨 앉은 무릎 사이로 고개를 파묻은 채, 두 손으로 머리를 부여잡고 있는 알몸의 사내. 절망의 신을 나타내는 가장 대표적인 동상 중 하나다. 표정을 볼 순 없으나 온몸으로 절망을 표현하고 있었다.

학생들이 공부해야 할 아카데미에 하필 절망의 신을 모시는 신전이라니. 혹자는 어울리지 않는다 여기겠지만 여기엔 그럴 수밖에 없는 이유가 있었다. 아카데미가 생기기 훨씬 이전부터 신전이 존재해 온 것이다. 아카데미 건립 초창기엔 어마어마한 기부금으로 큰 보탬을 주었다는 이야기도 전해진다.

그래선지 타 학부의 절반에도 미치지 못하는 학부생 수를 지니고도 신학부가 캐링스턴 아카데미 내에서 차지하는 비중은 가히 적지 않았다.

"치료실이 이쪽이던가, 저쪽이던가?"

아직 수업 종이 치지 않아서인지 신전 안은 쥐죽은 듯 고요했다. 이전에는 사실 근처만 와 봤지, 안에까지 들어와 보기는 처음이었다.

신학부생이 아닌 이상, 그리고 어디를 크게 다치지 않는 이상 와 볼 필요가 없는 곳이 신전이기도 했다. 슈빅이 나고 자란 고향에선 대대로 풍요의 신을 믿는다.

"안은 밖보다 더 음침하네."

누가 절망의 신 아니랄까 봐 어딘지 음산함이 풍겼다. 천장과 벽, 바닥 모두 온통 검정 일색인 데다가 기둥에 새겨진 이름 모를 짐승들은 당장에라도 튀어나와 슈빅을 집어삼킬 것만 같았다.

"아, 난 정말 이런 곳은 체질에 안 맞는다니까."

죽일 놈의 호기심이 문제였다. 남들은 궁금해도 잘만 참는다던데, 자신은 왜 그게 안 되는지 가끔은 스스로가 싫어지기도 한다.

"여긴가?"

커다란 문 앞에서 멈춰 섰다. 섬뜩한 문양이 문 전체를 채우고 있다. 이빨을 드러낸 채 웃고 있는 해골 형상이라니. 고향에서 보던 신전과는 달라도 너무 다른 모습에 슈빅은 이 문을 열어야 하나 말아야 하나 심각한 고민에 빠졌다.

"표지판이라도 있으면 좀 좋아? 신학부 녀석들 아주 게을러터졌구먼."

무서움을 이겨 내려 괜한 트집을 잡아 보지만 변하는 것은 없었다.

"으으, 침착하자. 침착해. 들어가면 분명 애들이 있을 거야. 그래, 그럴 거야."

슈빅은 호흡을 가다듬으며 천천히 문고리를 향해 손을 뻗었다.

턱!

누군가 슈빅의 어깨를 붙든 건 그때였다.

"으아학!"

당연히 슈빅은 소스라치게 놀랐고, 신전이 떠나가라 비명을 질렀다.

"나야, 나. 조용해!"

그런 녀석의 입을 재빨리 틀어막으며 상대가 얼굴을 비쳤다.

"아이(라이)?"

"그래, 나다."

일라이가 손을 거두며 씩 웃자 슈빅이 버럭 화를 냈다.

"깜짝 놀랐잖아! 기척도 없이 뭐야!"

"어깨 쳤잖아. 그거면 됐지, 뭘 더 해?"

"갑자기 치기는 왜 쳐! 소리를 내야지! 너 때문에 심장 떨어질 뻔했거든?"

"아니, 왜 화를 내고 그래? 난 도와주려고 왔는데."

"도와줘?"

"얼른 가 봐라. 너희 교수님 도착하실 때 됐으니까."

"헉! 교수님 오신대?"

"어, 내가 오다가 봤거든. 지금 가면 늦진 않을 거다."

슈빅이 뒤도 돌아보지 않고 뛰었다. 교수님 얘기를 듣는 순간 호기심이고 뭐고 다 사라졌다. 벌점을 피해야 한다는 것만이 그의 사고를 지배했다.

멀어지는 슈빅의 모습을 피식거리며 바라보던 일라이의 표정이 돌아서는 순간 심각하게 변했다. 문 너머를 향한 그의 눈빛은 이제껏 본 적 없는 진지함을 품고 있었다.

잠시 후 그가 결정한 듯 문을 열고 안으로 들어갔다.

3.

벽면의 중앙에 거대한 석상이 마치 부조처럼 세워진 널찍한 홀이었다. 바율은 그 석상 앞 높은 침상 위에 죽은 듯이 누워 있었다.

"라이……."

에이단이 두려움에 찬 눈빛으로 일라이를 맞았다. 언제 어디서나 당당함을 잃지 않던 녀석인데 지금은 공포에 질려 있었다.

퀸과 로건이라고 다르지 않았다. 둘은 일라이가 왔다는 사실조차 인지하지 못한 듯했다. 그저 겁에 질린 채 눈앞에서 벌어지고 있는 장면을 쳐다볼 뿐이었다.

"이, 이게 대체 무슨……!"

바율을 치료하던 신전의 사제가 더듬거리며 뒤로 물러났다. 평생을 사제직에 몸담고 살아온 그지만 이런 경험은 처음이었다.

그가 한 일이라곤 성수를 뿌린 것밖에는 없었다. 바율의 병에 대해선 이미 전달을 받은 상태였고, 치료 방법 역시 숙지해 둔 상황이었다. 듣던 것보다 병의 정도가 심각해 보이긴 했으나 평소대로 치료한다면 아무 탈 없을 거라고 확신했다.

그런데 성수를 뿌리고 성서를 읊으려던 찰나, 난데없이 공중에서 물길이 치솟았다. 엄청난 속도로 위를 향해 솟구친 물줄기는 이내 큰 마찰음을 내며 천장과 부딪쳤다. 물벼락이 쏟아질 거란 예상과 달리 물줄기는 공이 튕기듯 아래로 다시 추락했다. 그리고 이번에는 바닥을 딛고 벽을 향해 날아갔다.

쾅!

창문이 벌컥 열린 것은 그때였다. 별안간 세찬 강풍이 실내로 불어닥쳤다. 얼마 되지 않는 집기들이 바람을 이겨 내지 못하고 덜거덕거렸다.

홧!

기다렸다는 듯 구석에 놓인 촛대에 불꽃이 피었다. 하나, 둘, 셋. 맹렬한 바람에도 끄떡없었다. 촛불 세 개가 순식간에 화르르 불타올랐다.

그것이 끝이 아니었다. 침상 옆의 화분이 갑자기 마구 흔들리기 시작하더니, 흙더미를 뚫고 나무뿌리가 밖으로 튀어나왔다. 그러곤 마치 살아 움직이는 생명체처럼 죽죽 늘어나며 돌바닥 위를 괴기스럽게 오갔다.

"시, 신이시여……!"

두려움 앞에선 으레 신을 찾기 마련이다. 당황에 어찌할 바를 모르던 사제가 급히 성서를 끌어안고 기도문을 외웠다.

뛰노는 물.

성질을 부리는 바람.

빛을 뿌리는 불.

바닥을 희롱하는 땅.

그 안에서 중앙의 석상을 향해 몸을 굽히고 사제는 죽을 힘을 다해 기도를 올렸다.

"…소용없을 거야."

그 모습을 지켜보던 퀸이 경악에 서린 채 중얼거렸다. 광장에서 바율을 처음 만났을 때만큼이나 그는 놀라고 있었다.

"그게 무슨 말이야? 소용이 없다니?"

뭔가를 아는 듯한 퀸의 목소리가 에이단의 정신을 깨웠다. 녀석이 설명해 보라며 퀸을 채근했다. 일라이와 로건도 바율에게서 시선을 거두고 퀸을 돌아봤다.

"신성력에 대한 반발이야."

"뭐……?"

"보고도 몰라? 기도하면 할수록 기운이 강해지고 있잖아."

퀸의 말대로였다. 땀을 뻘뻘 흘려 가며 온정신을 다해 기도하고 있지만, 괴이한 기운이 줄기는커녕 점점 세져 가는 게 보였다.

물줄기는 더 굵어졌고, 바람은 거세졌으며, 촛농에 탁자가 녹을 기세였다. 돌바닥을 헤집던 나무뿌리는 이제 벽을 타고 기어오르고 있었다. 아예 방 전체가 덜거덕거렸다.

"막아야 해."

"사제님의 기도를 막자는 거야?"

"이 이상 폭주했다간 바율의 상태가 훨씬 심각해질 수 있어. 그러길 바라는 거냐?"

"그건 아니지만, 그래도 치료 중인데……."

"조금만 더 기다려 보는 게 어때?"

여태 한마디 않던 로건이 처음으로 입을 뗐다.

"뭐야? 넌 뭔데 여기 와 있는 건데?"

그제야 로건을 발견한 에이단의 얼굴이 심히 불쾌하다는 듯 일그러졌다. 그러거나 말거나 로건이 말을 이었다.

"바율은 아주 어릴 때부터 신성력으로 치료를 해 왔어. 녀석의 고향에선 전쟁의 신 아고스를 섬기지. 하지만 여긴 절망의 신전이잖아. 그 차이로 잠시 문제가 생겼을 수도 있지 않을까?"

"바율에게 적응할 시간을 줘 보자는 뜻인가?"

끄덕.

일리가 전혀 없는 말은 아니기에 퀸은 주저했다.

자신이 생각하는 그 일이 벌어지고 있는 게 맞는다면 당장 막아야 했다. 하지만 그게 아닐 수도 있으니 섣불리 장담할 수 없다. 왜냐하면 그 일은 절대 일어날 수 없으니까.

다른 녀석들은 모르겠지만, 지금 퀸의 머릿속은 온갖 상상과 가정으로 너덜너덜한 상태였다. 바율에게 벌어지고 있는 일에 대해 설명할 길이 딱 하나 있는데, 그건 정말이지 말도 안 되는 것이기 때문이다.

하지만 또 그게 아니라면 해석이 안 되는 상황인지라 뭘 어떻게 해야 할지 판단이 서질 않았다.

"으헉!"

"사제님!"

결정을 내리기도 전에 사달이 났다. 온 힘을 다해 기도문을 읊던 사제가 비명을 지르며 쓰러진 것이다. 로건이 재빨리 달려갔다.

"괜찮아. 기력이 다해 잠시 혼절하신 것뿐이야."

맥박도 정상이고 별다른 외상 역시 없다. 로건이 침착하게 빈 침상으로 사제를 옮겼다.

"이제 어떡하지? 다른 사제님을 불러와야 하는 거 아니야?"

"기다려 보자."

일라이가 처음으로 퀸의 편에 서며 에이단을 잡았다.

"내가 다녀올게."

그러나 로건은 가만히 있을 수 없었다. 먼저 기다려 보자고 한 건 그였지만, 그건 사제가 쓰러지기 전이었다. 침상을 벗어나 그가 문을 향해 돌진했다.

"야, 로건! 너 거기 안 서?"

로건의 돌발 행동에 에이단이 버럭 소리쳤다.

"신성력에 대한 반발일 수도 있다잖아! 잠깐만 기다리라고!"

"그러다 녀석이 깨어나지 않으면? 그땐 어쩔 거지?"

로건의 금색 눈동자가 한순간 섬뜩하게 빛났다. 만일 그런 일이 실제 벌어진다면 전부 가만두지 않겠다는 듯 광기 서린 눈빛이었다.

"미친놈. 그런 재수 없는 소리 할 거면 당장 꺼져!"

로건의 격한 반응에 잠깐 당황했으나 에이단은 에이단이었다. 녀석이 욕을 하며 흥분했다.

"네가 대체 바율을 언제 봤다고 여기 와서 이러는 건데? 수업 한 번 같이 들은 적 없으면서 웬 참견이야? 너 지금 되게 웃긴 거 아냐?"

비수라도 맞은 듯 로건의 표정이 심상치 않게 변했다.

"그러고 보니 바율의 어린 시절 얘기를 네가 꺼냈지?"

일라이가 끼어들었다.

"어릴 때부터 알던 사이야? 친했나?"

"친하기는 개뿔! 그랬으면 벌써 얼굴을 비쳤어야지. 저 녀석 오늘 승마 수업도 안 들어왔다고! 말 같지도 않은 핑계를 대면서 말이야."

"그런데 여기는 왔잖아."

"…뭐?"

"바율이 쓰러진 소식을 듣고 득달같이 달려왔어. 저 녀석 얼굴을 봐라. 누구보다 걱정하는 얼굴이잖아."

일라이의 발언에 에이단은 그제야 뭔가 이상함을 느꼈다. 생각해 보면 로건이 지금 이곳에 있는 것 자체가 말이 안 됐다.

잘난 가문 덕분에 주변에 친구는 많아도 녀석은 태생부터가 자기밖에 모르는 이기적인 놈이었다. 녀석이 누구를 챙기고 위하는 걸 에이단은 여태 본 적이 없었다.

그런 자식이 어째서 바율을 쫓아 왔을까?

고작 이틀이지만 에이단에게 바율은 이미 의미가 있는 친구였다. 잉그리드가 모자 밖으로 튀어나와 녀석의 손바닥으로 뛰어들었을 때 마음을 정했다.

그런데 로건이라니. 놈은 에이단이 아카데미에서 제일 싫어하는 인간이었다. 절대 섞일 수 없는 물과 기름 같은 존재. 그게 에이단과 로건이었다.

"어? 점점 사라진다!"

치밀어 오르는 짜증에 에이단의 눈이 뒤집히려는 순간, 일라이가 외쳤다. 그의 말처럼 물줄기가 점점 약해지고 있었다. 촛불도 어느새 꺼져 있다. 바람도 줄었고, 나무뿌리도 스스슥 소리를 내며 원래대로 복귀되고 있었다.

"이제 바율만 깨어나면 되는 건가?"

이상 현상이 사라지자 에이단은 가슴을 쓸어내렸다. 듣도 보도 못한 기괴한 광경에 처음으로 공포라는 걸 맛봤다. 다시는 마주하고 싶지 않았다.

"근데 뭐였을까? 라이, 이런 거 본 적 있어?"

에이단의 물음에 일라이가 고개를 저었다. 바율을 바라보는 그의 눈빛은 복잡하고도 미묘했다.

그때 퀸이 나지막한 목소리로 말했다.

"…정령이야."

"정령? 그게 뭔데?"

낯선 단어에 에이단이 의문을 던지자 돌연 퀸이 조소했다.

"훗, 인간에겐 완전히 잊힌 모양이군."

"인어국에만 내려오는 뭐 전설 같은 그런 거냐?"

"전설이 아주 없진 않지."

"무슨 소리야. 똑바로 설명해."

궁금하고 애매한 건 딱 질색이다. 에이단이 더 얘기해 보라며 재촉하는데 침상에서 신음이 들렸다.

"바율!"

"일어났어? 몸은 어때? 괜찮은 거 같아?"

"…여기가 어디지?"

까만 천장이 시야를 메웠다. 색도 색이지만 거친 질감이 오싹한 느낌을 주는 곳이었다.

"신전이야. 수업 중에 네가 갑자기 쓰러져서 치료받으러 온 거고."

'아, 그랬지.'

퀸의 책상에 다리를 꼬고 앉아 있던 꼬마 아이가 그제야 생각났다. 아직도 보일까? 두근거리며 주변을 살피자 다행히 아무것도 보이지 않았다.

'역시 헛것을 본 거야.'

깨어나자마자 재차 깨달은 현실 앞에 바율은 씁쓸히 입술을 깨물었다.

달칵.

그때 문이 열리며 누군가 나가는 소리가 들렸다.

"쟤 뭐야? 걱정하는 척은 혼자 다 하더니, 바율 깨자마자 왜 말도 없이 내빼? 로건 저 자식, 진짜 어이없다."

"…로건이라니? 에이단, 세이모어 백작가의 그 로건을 말하는 거야?"

"응, 혹시 아는 사이야?"

"로, 로건이 정말 이곳에 다닌다고?"

바율이 발딱 몸을 일으켰다.

"어, 나랑 같은 기사학부생이야. 1학년."

"1학년? 로건은 열일곱 살일 텐데……?"

"아아, 무슨 사정이 있는지 일 년 입학을 늦췄대. 근데 바율, 로건이랑 친해?"

에이단에겐 나름 중요한 문제였다. 누구는 유치하다 말하겠지만, 로건에게 바율을 뺏기고 싶지 않은 게 에이단의 솔직한 심정이었다.

하지만 지금의 바율에겐 그것에 답할 정신적 여유가 없었다.

"방금 여기에 있었던 거지? 그치?"

로건을 이대로 보낼 수 없다. 무려 2년 만이다. 그동안 어떻게 지냈느냐고, 왜 편지에 답장하지 않았느냐고, 묻고 싶은 게 산더미 같았다. 녀석을 당장 만나야 했다.

"바율, 조심해!"

그러나 몸이 제구실을 하기엔 아직 일렀다. 침상 아래로 발을 내딛던 바율이 휘청거리며 넘어지는 걸 일라이와 에이단이 겨우 붙잡았다.

"놓아줘! 로건을 만나야 해!"

"바율, 너 아직 몸이……."

"제발 부탁이야!"

로건의 존재를 안 이상 결코 잠자코 있을 수 없었다. 녀석이 이곳에 왔다는 건 자신을 만날 의향이 조금은 있다는 소리다. 바율은 마음이 급했다.

"알았어. 그럼 이렇게 하자."

일라이가 회유책을 제시했다.

"너희 둘은 바율을 기숙사 방으로 옮겨. 로건은 내가 데려갈게."

"무슨 소리야? 치료는 계속 받아야지!"

"그러다 또 일 터지면? 아까 그거 다시 보고 싶냐?"

아니!

그러고 싶은 마음은 눈곱만큼도 없다. 에이단의 고개가 빠르게 돌아갔다.

"바율, 됐지?"

"고마워, 라이."

"자, 그럼 얼른 이 불길한 곳에서 나가자."

벽면 중앙의 석상 얼굴을 힐긋 쳐다보며 일라이가 서둘렀다.

철컥.

일행이 나가고 문이 닫히자 실내엔 침상에 누워 잠든 사제만이 남았다.

하지만 잠시 후, 정적만이 감도는 그곳에 기이한 변화가 일었다. 감겨 있던 석상의 눈이 번쩍 떠진 것이다. 칠흑보다도 검은 암흑의 눈동자가 그 속에서 한동안 묘한 빛을 발하며 뜻 모를 표정을 지었다.

4.

"퀸, 아까 말한 정령이라는 게 뭐야?"

바율을 침대에 눕히며 에이단이 물었다. 일라이가 로건을 데리러 갔다는 사실이 굉장히 분하지만, 그거와 별개로 녀석은 궁금함을 참는 성미가 아니었다. 기숙사로 돌아오는 동안 신전에서 보았던 장면에 대해선 이미 바율에게 말한 상태였다. 그래서 바율은 현재 완전히 넋이 나가 있었다.

"…아니야, 아무것도."

"뭔 소리야? 아무것도 아니라니?"

"생각해 보니 불가능하거든. 정령일 리가 없어."

"그러니까 그 정령이란 게 뭐냐고!"

근로 장학생인 그가 친히 수업까지 빼먹고 바율을 보필하는 중이었다. 정령이 뭐든 간에 땡땡이를 친 값어치는 해야 할 것이다.

"너도 봤잖아."

"내가 보다니?"

에이단이 본 거라고는 갑자기 공중에서 물이 튀기고 바람이 불며 꺼졌던 불이 타오르는 데다 식물의 뿌리가 움직이는 말 같지도 않은 장면이었다. 그 안에서 정령에 대해 정의를 내리기란 어려웠다.

"물, 불, 바람, 땅."

"……?"

"그 사대 원소에는 각기 고유의 힘이 있어. 그걸 옛날에는 정령의 힘이라고 불렀지."

"…정령의 힘?"

"그래. 물의 정령. 불의 정령. 바람의 정령. 땅의 정령. 이런 식으로 말이야."

생전 처음 들어 보는 낯선 단어에 에이단의 이마에 주름이 갔다. 무슨 소린지 하나도 모르겠다. 물, 불, 바람, 땅. 그런 걸 조종하는 건 마법이 아니었던가?

"마법이라고 착각할 수 있겠지. 그치만 둘은 엄연히 달라. 정령은 그 자체로 살아 있는 존재니까……. 하지만 정령계는 멸망했어."

"뭔 말이야? 알아듣게 차근차근 얘기 좀 할 수 없냐?"

정령은 뭐고 정령계는 또 뭔가. 그리고 멸망이라니? 두뇌 과부하로 머리가 터질 것 같다.

"퀸……."

그때 정신을 차린 건지 어쩐 건지 바율이 멍한 눈으로 퀸을 찾았다.

"그 정령이라는 거…… 살아 있는 거면…… 혹시 사람 같은 건가?"

"사람?"

끄덕.

"인간처럼 생긴…… 그렇지만 나이는 매우 어린 꼬마 같은 그런……."

바율은 조심스럽게 말했을지 모르나 퀸을 속일 순 없었다.

"너, 봤구나?"

"…어?"

"정령을 본 거야. 그래서 기절했던 거지?"

쓰러지기 직전 허공에 대고 혼잣말하던 바율의 모습이 그제야 이해가 된다.

"정령이었어. 그래서 네게서 물의 기운이 느껴졌던 거야!"

비로소 모든 점이 납득된다. 인간이면서 물의 기운을 품고 있는 것 하며, 인어족의 향기를 맡을 수 있는 것까지. 모든 의문이 풀리는 순간이었다.

"아 씨, 물의 기운은 또 뭔데? 나 진짜 답답해 미칠 것 같거든? 좀 알아듣게 얘기해 줄래? 엉?"

여태 어디 가서 멍청하다는 소리는 들어 본 적 없는데, 아까부터 당최 무슨 말이 오가는 건지 에이단은 알 수가 없었다.

"정령, 정령계, 멸망, 물의 기운. 이것부터 차분히 설명해 봐. 나 좀 이해시켜 보라고!"

"말했잖아. 아까 네가 본 게 정령이라고."

"그, 물하고 바람, 그딴 거 말이냐?"

"그래, 너나 나나 우리 같은 일반인에겐 그냥 물과 바람으로 보이겠지만 저들에겐 달라."

"저들?"

"바율과 같은 사람들."

"그게 뭔데?"

"정령사. 과거엔 그렇게 불렀지."

대답은 다른 쪽에서 들려왔다. 언제 들어왔는지 일라이가 안쪽에서 문을 닫고 있었다.

"로건은? 왜 혼자야?"

반색하던 바율의 얼굴에 곧 실망의 빛이 떠올랐다.

"어디로 갔는지 찾을 수가 없네. 기숙사도 가 봤는데 허탕이야. 미안하다."

"…아니야."

로건을 만날 수 있을 거란 기대감에 부풀어 있던 건 사실이지만, 일라이를 탓할 순 없었다. 녀석에게 무슨 잘못이 있겠는가. 오히려 고맙단 말을 해도 모자랄 판국이었다.

"그 자식 도망친 거냐? 걱정하며 난리를 칠 때는 언제고 진짜 웃기는 녀석일세."

"무슨 사정이 있겠지. 바율, 너무 낙담하지 마. 곧 다시 볼 수 있을 거야."

"응, 고마워."

"근데 라이, 정령사가 뭐야? 조금 전에 그렇게 말한 거 맞지? 넌 정령에 대해 뭔가 아는 거냐?"

"정령을 보고, 그들의 힘을 빌려 자신의 것으로 사용할 줄 아는 사람들. 그들을 정령사라고 해."

"그러니까 아까 신전에서 정신없이 막 왔다 갔다 하던 것들이 정령이고, 그것들을 움직이게 한 바율이 정령사다, 그거야?"

"그래, 하나 더 얘기하자면 정령은 모두 '자아'를 지니고 있어. 즉, 우리처럼 말도 하고 생각을 하지. 물론 그걸 듣고 볼 수 있는 건 정령사인 바율만 가능하고."

"살아 있는 존재라는 뜻이 그거였어?"

에이단은 도저히 상상이 안 갔다. 물, 불, 바람, 땅. 그

넷은 세상 만물을 구성하는 요소였다. 어디를 가도 있다는 소리다. 그건 세상 모든 곳에 정령이 있다는 것과 같은 말이었다.

왜 난 이런 걸 전혀 몰랐던 거지? 아니, 그보다 그런 걸 보고 듣고 자신의 능력으로 사용할 수 있다면 굉장한 거잖아? 마법사랑 검사는 상대도 안 되는 거 아니야?

"바율, 언제부터야? 언제부터 정령을 볼 수 있게 된 거야?"

놀라는 에이단을 뒤로하고 일라이가 물었다.

"…처음이야."

"오늘이?"

"난 내가 환시를 보는 줄 알았어. 예전부터 늘 환청에 시달렸거든."

과거를 떠올리자 바율의 표정이 어두워졌다.

"사람은 아닌데 꼭 사람 같았던 꼬마 아이. 난 병이 더 심각해졌다고만 여겼어. 그 충격으로 기절했던 건데, 그 아이는 정령이고 난 정령사라니……."

"넌 환청에 시달린 게 아니야. 정령의 목소리를 들었던 거지."

정령의 목소리?

바율은 스스로가 기억하는 아주 어린 시절부터 환청으로 고생했다. 그의 이상 행동을 제일 먼저 발견한 건 형인 바일이었다. 허공과 대화를 나누는 동생의 모습에 겁을 먹은 바일이 바로 공작에게 전했고, 바율의 증상을 직접 눈으로 확인한 공작은 몹시 놀라며 그 즉시 신성력 치료를 감행했다.

초기엔 치료에 애를 좀 먹었으나 바율의 병세는 차차 나아졌고, 이후로는 일정한 주기마다 치료를 받으며 서서히 환청에서 벗어났다. 그렇게 바율은 16년을 병자로 살아왔다.

그런데 아니란다.

환청을 들은 것도, 환시를 본 것도 아니란다.

단지 정령의 목소리를 듣고 정령을 본 거란다.

정령이란 게 무엇인지 아직 잘 모르겠지만, 그걸 볼 수 있는 사람들을 정령사라 부른다고 한다.

'정령사…… 그럼 난 정상인 걸까?'

그렇다면 분명 기뻐해야 할 일인데, 너무 오랫동안 착각하고 산 탓인지 모든 게 그저 비현실적으로만 느껴졌다.

"인간 주제에 꽤 많이 알고 있군."

혼란스러워하는 바율을 가운데 두고, 퀸이 의외라는 듯 일라이를 바라봤다.

"너도 아는 걸 내가 아는 게 이상한가?"

"아니. 다만 그걸 알고 있다면, 지금 이 상황이 말이 안 된다는 것도 알고 있는지 궁금해서 말이야."

"말이 안 되다니?"

에이단은 현재 이해력을 총동원 중이었다. 겨우 진정하고 개념이 잡히려는 순간인데, 뭐가 또 말이 안 된다는 건가?

"정령계는 오래전 멸망했거든."

"멸망?"

그러고 보니 아까도 그 얘기를 꺼냈다.

"그래, 멸망. 그게 무슨 뜻인지는 알지?"

알다마다. 모든 것이 망하여 사라진다. 그거 아닌가?

"정령계의 멸망으로 정령들은 소멸되고 정령사도 없어졌어. 자연스레 인간의 기억 속에서도 사라졌지. 그게 수천 년 전이니 네가 정령사에 대해 모르는 것도 어찌 보면 당연해."

그 당연한 걸 너희 둘은 어떻게 아는 건데?

앞서 그 생각이 들었지만, 뒤이어 떠오른 이상함에 고개를 갸웃했다.

"가만, 근데 어떻게 다시 나타난 거야? 다 죽었다면서?"

에이단은 물론이고 퀸과 일라이의 시선이 일제히 바율에게로 향했다. 마치 네가 당사자이니 설명해 보라는 듯한 눈빛이었다.

하지만 지금 가장 놀란 건 바율이었다. 본인이 정령사란 것도 방금 알게 된 마당에 무슨 얘기를 더 할 수 있겠는가. 가능하다면 그 정령이란 아이를 불러다가 묻고 싶은 심정이었다. 답을 해 줄지 어떨지는 모르겠지만.

"부활한 건가?"

"…뭐?"

"그렇잖아. 세월도 엄청나게 흘렀고 정령이 다시 나타났다며. 그럼 부활이지 뭐겠어?"

"그건 불가능해. 모조리 죽었다고. 세상이 이렇게 황폐하게 변한 것도 다 그 때문이야!"

퀸의 말투엔 분노와 원망이 서려 있었다.

"네가 봤어?"

"……?"

"몽땅 죽은 거. 네가 눈으로 직접 확인했느냐고. 아니잖아. 그땐 네가 태어나지도 않았을 테니까. 간혹 멸종한 걸로 알려진 동물이나 몬스터들이 나타나기도 하잖아? 정령이라고 그러지 말란 법 있어?"

무지했던 만큼 에이단은 있는 그대로를 받아들이는 반면, 퀸과 일라이는 계속 믿을 수 없다는 태도였다. 실제를 마주하고서도 인정하기 힘든 눈치였다.

"이상한 점은 또 있어."

지기 싫다는 듯 퀸이 다른 얘기를 꺼냈다.

"정령사가 되려면 소질이 있어야 해. 정령과 교감하는 능력을 선천적으로 타고나야 하지. 그건 라이, 너도 알고 있겠지?"

"물론이야."

"보통은 그 성향이 한 가지에 국한되어 있어. 물의 기운을 품고 있으면 물의 정령을 다룰 수 있는, 그런 식이지. 아주 드물게 두 가지 성향을 갖고 태어나는 정령사도 있긴 하지만, 그렇다 한들 친화력은 보통 한두 가지에 특화되기 마련이야."

퀸의 설명에 동의한다는 듯 일라이가 고개를 끄덕였다.

"그런데 아까 너희도 봤잖아? 사대 원소가 전부 나타난 거."

그랬다.

물, 불, 바람, 땅.

동시에는 아니었지만, 그 모든 게 차례대로 나타나 바율의 주위를 맴돌았다.

"설마, 그러면…… 바율은 네 가지 성향을 다 갖췄다는 얘기야?"

"말도 안 되는 일이지."

"불가능한 일이고."

"하지만 우리가 헛것을 본 게 아니라면……."

말끝을 흐리는 퀸의 눈이 알 수 없는 빛을 띠었다. 나쁜 짓을 저지른 것도 아닌데 바율은 괜스레 움츠러들었다.

"널 처음 봤을 때 내가 왜 놀랐는지 알아?"

궁금했지만 기회가 없어 묻지 못했다.

"…왜 놀란 건데?"

"그건 바로 네게서 물의 기운을 느꼈기 때문이야. 인간에게선 단 한 번도 느껴 보지 못했던 일이지."

"물의 기운이면……?"

"그래, 물의 정령. 내 추측이지만 아마도 오늘 네가 본 아이는 물의 정령일 거야."

"물의 정령?"

"잘 생각해 봐. 그 아이를 보고 뭐가 연상되었는지."

연상이라. 아이는 푸른 머리칼에 푸른 눈동자, 푸른 드레스. 모든 게 푸른빛을 띠고 있었다. 그래, 마치 물과 같다. 차가움! 빗방울이라 잠시 착각했던 이마의 감촉이 그제야 생각났다.

"맞는 거 같아. 온통 파랬어. 피부에 닿은 느낌도 물처럼 차가웠고……."

"우와! 정말? 그런 게 느껴졌어?"

모두가 심각한 와중에 에이단이 들떠 소리쳤다.

"바율, 굉장하다! 다음 정령은 뭐가 나타날까? 땅? 불? 바람? 궁금하다, 궁금해!"

"에이단, 지금 그렇게 신이 날 상황은 아닌 것 같은데."

"왜? 라이, 넌 신기하지 않아?"

"물론 그렇긴 하지만……."

"무엇보다 난 바율이 아픈 게 아니라서 아주 좋은데? 정령의 목소리를 들은 거라며. 바율, 환청 말고 다른 증상은 없었던 거지?"

"…으응."

바율이 얼결에 고개를 주억이자 에이단이 환하게 웃으며 바율을 껴안았다.

"다행이다! 정말 다행이야!"

녀석이 바율을 안은 채 제자리에서 폴짝폴짝 뛰었다. 머리가 깨질 듯 복잡했지만, 기뻐하는 친구의 웃음소리에 바율은 잠시나마 평온할 수 있었다.

부디 이 평온이 깨지지 않길 바라지만, 그건 무리라는 걸 바율은 알고 있다.

정령.

이 두 글자가 자신에게 어떤 식으로 다가올지 오늘부터 편히 잠들기는 그른 것 같았다.

Chapter 10.
첫 소환

1.

일주일이 어떻게 지나갔는지 모르겠다. 수업 중 다시 나타날까 봐 노심초사한 게 억울할 정도로 바율은 이후로 정령의 그림자도 보지 못했다.

로건 역시 만날 수가 없었는데, 일라이의 말로는 바율과 겹치는 수업을 일부러 피하는 것 같다고 했다. 덕분에 벌점이 어마어마할 거라고, 어쩌면 유급을 당할지도 모른다고 해서 바율은 마음이 편치 못했다.

어제 오후에는 자레드가 찾아와 바율의 건강을 걱정하는 척하며 한껏 비웃고 돌아갔다. 녀석은 바율이 쓰러진 걸 직접 목격하지 못한 게 꽤 안타까운 눈치였다.

다행인 점은 로건에 대한 걱정과 정령에 대한 근심으로 이미 머릿속이 복잡할 대로 복잡한 바율인지라 자레드에겐 신경 쓸 겨를이 없었다는 것이다.

"저기 마차 왔다!"

에이단이 손을 흔들자 막 언덕길에 올라선 마차가 속력을 높여 그들에게로 달려왔다.

"바율, 쪽지!"

멍한 바율을 대신해서 에이단이 마부에게 쪽지를 건넸다.

"여기로 가 주세요."

"그렇게 네 분이신가요?"

"네, 네 명이요…… 가 아닌데…… 퀸?"

방금 전까지만 해도 일행은 셋이었다. 바율과 에이단 그리고 일라이. 그런데 어느 틈엔가 퀸이 다가와 옆에 서 있다. 특이한 조합이라 여겼는지 하교하는 학생들의 뜨거운 시선이 몰려들었다.

"너도 가려고?"

"이 녀석 집으로 가는 거 아닌가?"

"맞아. 대책 회의 좀 하려고."

쪽지에 적힌 건 앞으로 바율이 지내게 될 거처의 주소였다. 어제 오후 심부름꾼을 통해 이언이 보내 왔다.

"아침까지만 해도 안 간다고 하더니, 갑자기 왜 생각이 바뀌었어?"

"영 불안해서."

"불안해? 퀸, 네가?"

놀라움도 잠시, 에이단의 눈이 이내 반달을 그렸다. 담담한 척하고 있지만, 시선을 피하는 퀸의 얼굴에는 이미 민망이라는 단어가 떠올라 있었다.

"어쨌든 좋아. 가자. 든든하네!"

"잘 생각했다."

일라이도 퀸의 합류를 환영하며 제일 먼저 마차에 올랐다. 그 뒤를 에이단, 퀸, 바율이 차례대로 탑승하자 힘찬 말발굽 소리와 함께 마차가 빠르게 언덕 아래로 질주했다.

"아, 퀸. 나 너한테 물어보고 싶은 거 있었어!"

에이단은 바율과 처음 만났던 그 날처럼 페도라를 눌러쓰고 있었다. 잉그리드가 낮잠을 자는 중이라서 따로 인사를 나누지 못하는 게 아쉬울 따름이었다.

잠든 잉그리드가 깨지 않도록 균형을 유지하며 에이단이 말했다.

"세상이 황폐해졌다는 게 무슨 뜻이야? 내가 계속 생각을 해 봤는데, 정령이 살아 있던 때랑 지금이랑 세상이 많이 달라졌어?"

"비교할 수 없을 만큼."

"예를 들면?"

"풍요의 시대라고 들어 봤나?"

"아니."

역사 공부를 게을리하지 않은 편인데도 에이단에겐 금시초문이었다.

"빈부의 격차는 있어도 굶주림은 없던 시절. 말라 버린 강물 때문에 평생을 살아온 고향을 등지고 타지를 떠돌다가 메마름과 갈증으로 죽는 이가 적어도 그 시대엔 없었지."

"인어국의 이야기로군."

"……!"

정곡이라도 찔린 듯 퀸의 눈가가 잘게 떨렸다. 일라이가 이해한다는 듯 덧붙였다.

"정령의 부재. 정확히는 물의 정령의 부재겠지."

인어족은 반드시 물이 있어야만 살아갈 수 있는 종족이었다. 인간처럼 육지에 발을 딛고 생활할 수도 있지만, 버틸 수 있는 시간은 그리 길지 않다. 일정한 기한이 지나면 반드시 물로 돌아가 체력과 수분을 보충해야 한다. 그것이 반인반어로 태어난 인어족의 숙명이었다.

"물과 공존하는 삶을 살던 인어족에겐 아무래도 타격이

켰을 거야. 부흥하던 인어국의 세력이 급감한 것도 아마 그 때문이겠지."

"저런, 그런 사정이 있었어?"

"인간도 피해가 없던 건 아니야. 인어국만큼은 아니겠지만, 인간들 역시 상당한 고초를 겪었어. 가뭄에 농토는 줄고 수확량은 감소했지. 강과 호수는 갈수록 메마르고 오염되어 갔어. 사막화 현상이라고 들어 봤겠지?"

"그게 정령과 관계된 거였단 말이야?"

"그뿐이 아니야. 태풍, 홍수, 지진, 화산, 산불 등 자연재해가 끊이지 않고 일어나는 것도 모두 정령의 부재 때문이야."

"에이, 설마! 라이, 그건 너무 과대망상 아니야? 네 말대로라면 정령이 없으면 그냥 이 세상 망하는 건데?"

"맞아. 그래서 정령을 다른 말로 조율자라고도 해."

"조율자……?"

"그래, 자연계의 조율자. 우리가 사는 이 세계의 균형을 유지하는 게 바로 정령, 그들의 일이었어."

"뭐, 뭐야. 들으면 들을수록 엄청난 거잖아."

정령이 곧 신이라 해도 믿을 지경이었다. 대체 그런 존재들이 왜 갑자기 사라졌단 말인가? 아무리 생각해도 에이단은 그 답을 알 수가 없었다.

"대체 무슨 일이 있었던 거야? 뭔 일이 있었기에 멸망까지 한 거냐고. 전쟁이라도 났던 거야?"

"그건…… 나도 몰라."

일라이의 음성이 급격히 작아졌다.

"퀸, 너도 몰라?"

"……."

"모르나 보네."

퀸의 침묵을 에이단은 모르는 것으로 해석했다.

"근데 그럼 드래곤은 뭐야? 내가 알기로 그들도 세상을 이롭게 하려고 태어났다고 하던데, 아닌가?"

"맞는 말이긴 해. 그렇지만 성질이 좀 달라."

"어떻게 다른데?"

"음, 그들은 방관자라고 할 수 있지."

"방관자?"

에이단이 인상을 쓰자 일라이가 마저 설명했다.

"말 그대로 지켜보는 자들이란 얘기야. 정령처럼 인간계에 깊이 관여하지 않는다는 뜻이지."

"그게 뭐야? 언제는 세상을 이롭게 한다며. 지금 나만 이해 못 하는 거야?"

"말을 끝까지 들어 봐. 평소엔 세상이 어떻게 변하든 무슨 일이 터지든 아무 신경 안 쓰지만, 마계가 엮이면 달라.

다들 알지? 가끔 정신 나간 마족들이 인간계를 쑥대밭으로 만들어 놓는 거."

직접 보지는 못했지만 책으로, 구전으로 많이 들어 온 이야기였다.

"드래곤은 바로 그런 놈들을 해치우라고 신이 창조해 낸 작품이야. 일종의 수호신? 뭐 그런 거지."

"그러니까 정령과 역할을 분담하고 있는 거구나? 오, 그건 또 몰랐네."

에이단은 앞으로 드래곤을 다시 보기로 다짐했다.

"그나저나 소멸했다가 다시 부활한 정령이라. 정말 다행이다. 이 세상이 조금은 나아질 거라는 징조잖아. 어이, 바율! 잘하면 네가 이 세계의 첫 번째 정령사가 되겠는걸? 앞으로 잘 부탁한다!"

"…부탁이라니?"

"방금 못 들었어? 정령이 이 세계의 조율자라고 하잖아. 넌 그런 정령을 움직일 수 있는 정령사고. 네 할 일이 아주 막중할 것 같은데?"

"아니, 내가 어떻게 그런……."

"넌 잘 해낼 거야. 난 무조건 믿어!"

"저기, 에이단. 난……."

"참, 라이! 너 오늘 알바 하는 날 아니냐?"

바율이 어버버 하는 사이 화제가 급변했다. 에이단이 골목 어귀를 가리키며 턱짓했다.

“내릴 거면 내리든가.”

“오늘은 안 가.”

“땡땡이?”

“난 경우가 아주 바른 인간이란다. 이미 연락했으니 걱정을 마셔.”

“오, 역시 빠른데?”

대단하다는 듯 에이단이 엄지를 추켜세웠다.

“그러는 너는? 오늘은 집에 안 가? 동생이 눈에 밟힌다며.”

“밟히지. 암, 밟히고말고! 아, 우리 라라 보고 싶다. 고 귀여운 볼때기를 콱 깨물어 줘야 하는데!”

“클라라라고 다섯 살짜리 늦둥이 여동생이 하나 있어. 이 녀석이 주말마다 집에 가는 이유가 바로 그 때문이지. 그냥 ‘여동생 바보? 여동생 멍충이?’ 라고 보면 돼.”

심각한 환자라도 보듯 일라이가 혀를 차며 고개를 저었다.

“여동생이 있었구나. 예쁘겠다.”

“당연하지! 자라면 제국에서 제일가는 미녀가 될 거다!”

“어련하겠냐.”

그렇게 아끼는 동생과의 만남도 포기하고 날 돕기로 한 거란 말이야?

에이단의 마음 씀씀이에 바율은 새삼 감동했다.

"저, 퀸은? 주말인데 특별한 볼일 없어? 내가 걱정돼서 일부러 시간 낸 거라면 그러지 않아도 돼. 에이단과 라이가 있으니까 난 괜찮아. 바쁠 것 같은데 볼일 있으면 보도록 해."

"…아까 못 들었어?"

"응?"

"걱정이 아니라 불안해서야. 정령이 또 나타나면 어쩔 건데? 이번엔 안 쓰러질 자신 있어?"

"그건……."

"넌 그냥 네 몸이나 챙겨. 난 나 알아서 할 테니까."

갑자기 퀸에게서 찬바람이 돌았다.

'내가 뭘 잘못했나?'

살갑진 않더라도 요 며칠 둘 사이는 꽤 순탄했다. 나름 친해졌다고 생각했는데 혼자만의 착각이었던 걸까?

'표정이 왠지 화가 난 것 같기도 하고…….'

무슨 말이라도 하면 좋겠는데, 그랬다간 왠지 분위기만 더 험악해질 것 같다. 목적지에 도착할 때까지 바율은 조용히 눈치만 살필 수밖에 없었다.

2.

"오셨습니까."

마차가 멈춘 곳은 시내 외곽에 위치한 고급스러운 저택 단지였다. 삼 층 규모에 앞뜰엔 잘 정돈된 정원과 분수대가 있고, 뒷마당엔 너른 수영장까지 갖춘 꽤 현대적인 느낌의 석조 건물이었다.

"도련님!"

바율이 마차에서 내리기가 무섭게 저택의 현관이 열리며 익숙한 목소리가 들렸다.

"리타?"

보면서도 믿기지가 않았다. 어째서 이곳에 리타가 있는 거지? 안경 너머 눈물을 글썽이며 달려오는 리타의 모습은 한순간 바율에게 굉장한 이질감을 선사했다.

"흐흑, 도련님! 보고 싶었어요!"

"어떻게 된 거야? 리타, 여긴 어떻게 왔어?"

"흐읍, 어떻게 오긴요. 기차 타고 왔죠. 제가 집사님을 얼마나 졸랐는데요!"

"졸랐다고?"

"네! 이틀 동안 잠도 안 자고 커닝 집사님을 졸졸 쫓아다니며 떼를 썼어요. 도련님한테 보내 달라고요. 헤에, 저 잘

했죠?"

팅팅 부은 눈으로 배시시 웃는 리타의 얼굴은 자부심으로 가득했다.

'리타……!'

어쩐지 감동스럽다. 리타는 바율과 바일의 유모였던 아리엘의 딸이다. 어린 시절부터 엄마인 아리엘을 도와 그들 형제의 시중을 들고, 몇 해 전 아리엘이 폐렴으로 죽은 이후로는 아예 모든 일을 도맡아 처리하고 있었다.

그런 그녀의 나이 이제 고작 열여섯, 바율과 동갑이었다. 비록 신분의 차이는 있지만, 바율에게 그녀는 친구였고 누이였으며 때로는 어머니 대신이었다. 그러니 어찌 반갑지 않을 수 있겠는가.

"그래, 리타. 잘 왔어! 여기서 널 보게 될 줄이야! 정말 기쁘다."

"처음에는 자꾸 안 된다고 그러시는 거예요. 그래서 제가 도련님 핑계를 막 댔죠. 제가 옆에 있어야 식사도 잘 챙겨 드시고, 그래야 아프시지 않다고요. 조금 과장을 하긴 했지만, 아주 틀린 말은 아니잖아요?"

"맞아, 리타가 해 주는 게 제일 입에 맞거든."

"그러니까요! 아무튼 제가 그렇게 계속 따라다니니깐 나중엔 '졌다, 졌어' 이러시면서 보내 주신 거 있죠!"

"안 봐도 훤해. 얼마나 괴롭혔을지."

태어나면서부터 바율 형제만을 보고 자라 온 리타였다. 바일이 죽었을 때 통곡하며 울던 그녀의 모습을 바율은 잊지 못한다. 누구도 그녀처럼, 심지어 바율조차도 그보다 슬프게 울지 못했다.

"나중에 커닝 집사님에게 고맙다고 인사해야겠다."

"히히, 꼭 그래 주세요. 그래야 나중에라도 제가 덜 혼나죠."

리타가 귀엽게 눈을 찡긋거리며 저택을 가리켰다.

"아직 점심 안 드셨죠? 제가 한 상 거하게 차려 놨어요! 오랜만에 실력 발휘 좀 했답니다!"

"아, 리타. 그보다 먼저……."

"대체 며칠이나 지났다고 얼굴이 이렇게 홀쭉해지신 거예요. 속상하게시리. 제가 끼니 거르지 말고 잘 챙겨 드시라고 했잖아요. 안 그래도 마르셔서 걱정인데."

"알았어, 리타. 들어가면 다 먹을 테니까 일단 인사부터 하자."

"…예?"

그제야 리타의 시선이 바율의 뒤쪽으로 향했다. 존재감이라면 다들 어디 가서 빠지는 편이 아닌데, 바율에게 온 정신이 팔려 있던 터라 미처 발견이 늦었다.

"어머나! 손님이 오셨군요! 죄송합니다! 제가 도련님을 뵙고 너무 좋은 나머지."

리타가 급히 몸을 숙여 사죄했다.

"아닙니다. 그럴 수도 있죠, 뭐."

"나도 괜찮아."

집시로 자란 일라이에게 무시는 일상이었다. 에이단 역시 이러한 것을 문제 삼을 정도로 속이 좁지 않았다.

"우리 도련님이 좋은 분들을 친구로 사귀신 것 같아요."

일라이의 아름다움에 잠시 황홀한 표정을 짓던 리타가 유일하게 대꾸가 없는 퀸을 올려다보았다. 기분을 상하게 했다면 다시 한번 사과할 생각이었다.

하지만 퀸을 정면으로 마주한 순간 리타의 머릿속은 하얘졌다. 그녀가 더듬거리며 뒤로 물러났다.

"…귀, 귀가!"

"아, 여긴 퀸이라고 인어국에서 왔어. 내 룸메이트이기도 해."

"컥! 루, 룸메이트요?"

인간이 아니라 인어족과 같은 방을 쓰신다는 거예요?

해석하자면 딱 그런 반응이었다. 함께 나와 있던 이언도 내색하지 않을 뿐 놀란 기색이 역력했다.

"이쪽은 일라이랑 에이단. 모두 친구들이야."

"아, 안녕하세요…… 리타라고 합니다."

인사를 하면서도 리타의 눈은 계속 퀸의 귀에 가 머물러 있었다. 어지간히도 놀란 모양이었다.

"근데 재스퍼가 안 보이네? 리타, 재스퍼도 같이 온 거지?"

재스퍼를 돌보는 건 바율과 리타의 일이었다. 둘 다 이곳에 왔으니 당연히 재스퍼도 데리고 왔으리라.

그런데 리타의 반응이 이상하다. 갑자기 죄라도 지은 사람처럼 고개를 묻으며 바율의 눈길을 피한다. 방금 전까지 재잘거리던 입도 꾹 닫았다.

"설마…… 두고 온 거야?"

불길함에 바율의 음성이 떨렸다.

"…죄송해요."

"리타!"

"정말 죄송해요! 하지만 저도 어쩔 수가 없었어요!"

"나 아니면 너밖에 모르는 녀석이야. 그런 녀석을 혼자 두고 오면 어떡해!"

그나마 재스퍼를 두고 올 수 있었던 건 리타가 있기 때문이었다. 그녀를 믿었기에 여기에 올 수 있었다.

"저도 데려오고 싶었어요. 하지만 공작 전하께서……."

"아버지가 왜? 아버지가 뭐라 하셨기에?"

"재스퍼를 데려가는 건 절대 안 된다고…… 가려거든 저 혼자 가라고……."

바율은 이해할 수 없었다. 리타까지 오게 된 마당에 재스퍼를 보내지 못할 이유가 없다.

녀석은 바율의 가드견이다. 바율 곁에 있어야만 제 할 일을 하는 녀석이란 소리다. 바율이 아니면, 설사 아버지의 명이라도 따르지 않는 게 재스퍼였다. 그런 녀석을 어째서 데려오지 못하게 막으신 걸까?

'설마 절 괴롭히고 싶으신 겁니까?'

"란데르트 자작님께서 서찰을 보내셨습니다. 일단 들어가서 읽어 보시는 게 어떠신지요."

급격히 우울해진 바율을 위로하고자 이언이 작은아버지 얘기를 꺼냈다. 서찰 하나로 재스퍼의 빈자리를 메울 순 없겠지만, 바율에겐 이미 선택권이 없었다.

3.

바율 보거라.

아카데미에 적응은 잘하고 있는지 모르겠구나.

너를 그곳으로 보내고 내 마음이 편치 않다.

밥은 잘 먹고 있는지, 아픈 곳은 없는지 늘 걱정이구나.

몸도 약한 너를 형님께선 어찌하여 그리 보내신 것인지 내 속이 참으로 답답하다.

하나 명심하거라.

너는 우리 란데르트 가문의 적자이니라. 남들에게 절대 나약한 모습을 보여서는 아니 된다.

낯선 환경에 힘들고 어렵겠지만 잘 견뎌 내고 이겨 내리라 이 숙부는 믿는다.

조만간 내가 한번 찾아가겠다. 그때까지 부디 건강히 잘 지내 다오. 형님에게는 내가 안부 전하겠다.

사랑한다, 조카야.

리암 숙부가

'작은아버지…….'

그리움이 절절 묻어나는 작은아버지의 편지에 바율은 눈시울이 뜨거워졌다. 고마우신 분. 늘 한결같은 애정을 보내주시는 작은아버지 덕분에 바율은 그나마 버틸 수 있었다.

사고가 있던 그해, 바율의 잘못이 아니라고 말해 주었던 것도 작은아버지였다. 그때 바율은 처음으로 가족의 품에 안겨 엉엉 울음을 터뜨렸다.

이 편지가 아버지께서 쓰신 거라면 얼마나 좋을까.

쓸데없는 생각이 또다시 머릿속을 맴돈다. 작은아버지가 잘해 주실 때면 언제나 그랬다. 감사한 마음 한편으로 아버지에 대한 갈망이 더욱 커진다. 이런 자신이 바율도 싫었다.

"저, 도련님. 친구분들께서 찾으세요……."

얼마나 멍멍하게 서 있었던 걸까. 리타가 다가오는 것도 전혀 몰랐다. 황급히 편지를 접어 서랍에 넣으며 바율이 미소 지었다.

"그래? 어디로 가면 돼?"

"…제가 안내할게요."

제 앞에선 억지로 웃지 않으셔도 돼요.

하고픈 말을 애써 속으로 삼키며 리타가 앞장섰다.

"아울(바율)!"

식당에서는 이미 식사가 한창이었다. 에이단이 입을 오물거리며 손을 흔들었다.

"이제 와?"

"미안. 내가 좀 늦었지?"

"배가 고파서 먼저 먹었어. 정말 맛있네!"

일라이가 리타를 보며 고맙다는 듯 웃자 바율 앞에 접시를 내려놓던 리타의 양 볼이 빨갛게 물들었다. 성의 하인들이 짓궂게 놀릴 때도 꿈쩍 않던 그녀인데, 일라이는 예외인 걸 보면 녀석도 여자는 여자인 모양이었다.

"리타의 요리 솜씨는 본성에서도 알아줘. 많이들 먹어."

"안 그래도 그러고 있다."

아카데미도 식사가 잘 나오는 편이긴 하나 리타가 마음먹고 솜씨를 발휘한 지금과 비교할 수는 없었다. 온갖 칭찬을 쏟아 내며 일라이와 에이단이 정말 열심히 먹었다. 말이 없는 건 퀸이 유일했다.

아직도 기분이 별로인가?

"……!"

슬쩍 퀸의 눈치를 살피던 바율이 움찔했다. 퀸과 눈이 딱 마주친 것이다. 퀸의 눈매가 불쾌하다는 듯 일그러졌다.

"왜 그렇게 보지?"

"어? 아, 아니 난 그냥 음식이 입에 맞나 해서……."

"네가 지금 그런 걱정할 땐가?"

퀸이 한심스럽다는 표정을 지었다.

"정령이 왜 다시 나타나지 않는지 넌 궁금하지도 않아?"

"당연히 궁금해. 수업 시간에 나타날까 봐 얼마나 전전긍긍했다고."

"근데 왜 가만있어?"

"가만있다니? 그게 무슨 말이야?"

"아무 노력도 안 하잖아. 정령과 정식으로 계약하지 않는 이상 넌 정령사도 뭣도 아니야. 그들을 마음대로 불러낼 수도 조종할 수도 없다고."

"계약? 그냥 소질만 있으면 되는 거 아니었어?"

식사에 열중이던 에이단이 끼어들며 물었다. 설명은 일라이가 했다.

"소질은 전제 조건일 뿐이야. 정령의 힘을 빌리려면 그들과 정식으로 계약을 해야만 해. 그래야 정령사의 의지대로 움직일 수가 있어."

"신전에서 우리가 봤던 거, 그거 바율이 한 거라며. 그럼 그건 뭔데?"

"글쎄. 나도 정령을 본 게 처음이라서 잘은 모르겠지만, 정령을 불러들이기만 했지, 조종하지는 못했잖아? 아마도 계약을 하지 않았기 때문이 아닐까?"

"그래? 계약은 어떻게 하는 건데?"

에이단의 연속된 질문에 일라이와 퀸이 약속이라도 한 듯 서로를 쳐다봤다. 둘 다 거기까지는 모른다는 뜻이리라.

"일단 지금은 계약이 문제가 아니야. 정령을 부르는 게 먼저지."

"…꼭 불러야 해?"

"뭐?"

친구들의 열띤 대화에 찬물을 끼얹고 싶지는 않지만, 당사자인 바율의 생각은 달랐다.

"난 정령사가 될 마음이 없어. 뭘 어떻게 하는지도 모르고, 그냥 신경 쓰고 싶지가 않아. 가능하다면 다시는 안 나타났으면 좋겠어."

"헐! 바율, 진심이야?"

"솔직히 말하면 무서웠거든. 나 같은 애가 정령사라니, 말도 안 돼."

"네가 어디가 어때서! 퀸이 그랬잖아. 넌 아픈 게 아니라 정령의 목소리를 들었던 거라고. 네가 허약 체질이었던 것도 멀쩡한 몸에 신성력을 쏟아부었기 때문이야. 안 그래, 라이?"

"맞아. 신성력이란 건 상처를 치유하고 몸을 보호하기도 하지만, 남용하면 부작용이 생길 수밖에 없어. 정령의 기운을 억눌러 주는 효과가 있긴 했지만, 다른 한편으론 네 몸을 망가뜨린 거지."

몸을 망가뜨렸다고?

환청에 시달린 게 아니란 건 바율에게 굉장히 기쁜 소식이었다. 정령이란 낯선 존재에 거부감과 두려움이 드는 것은 사실이지만, 자신에게 문제가 없다는 건 바율을 안도하게 했다.

그런데 허약한 몸뚱이도 정령 때문이었다니. 어려서부터 수없이 받아 온 신성력 치료가 자신의 몸을 나약하게 한 원흉이었다는 것에 바율은 아연했다.

"근데 말이야. 신성력에 대한 반발이 왜 이제야 생긴 걸까? 예전부터 꾸준히 받아 온 거잖아. 퀸, 네가 그랬지? 바율의 몸이 신성력을 거부한다고."

신전에서의 일이 다시금 떠올라 에이단이 부르르 몸을 떨었다.

"나 때문일 거야."

퀸이 가라앉은 눈빛으로 바율의 이마에 새겨진 맹세의 표식을 바라봤다.

"나 때문에 이 녀석이 가진 물의 기운이 강해졌거든."

"강해져……?"

"내가 이 녀석과 약속 하나를 했어. 그 증표로 이마에 맹세의 표식이란 걸 심었지. 너희 눈엔 보이지 않겠지만, 표식이 녀석의 몸에 더해지면서 물의 기운이 세졌어. 그래서 보이지 않던 정령도 보이고, 신성력을 거부할 만한 힘도 생긴 거지."

"그러니까 우연이 아니었다? 퀸, 네가 증폭제 같은 역할을 한 거네?"

"의도하진 않았지만."

바율을 엄청난 상황에 빠뜨린 것치고는 너무 담담한 말투였다.

"그런데, 정령사가 되고 싶지 않다고? 훗, 몰라도 정말 모르는군."

퀸이 냉소적인 웃음을 터뜨렸다.

"좋은 가문에서 태어나 걱정 없이 살면 다 그렇게 되는 건가? 아니면 이기적인 인간이어서?"

고저 없는 음색이었지만 퀸은 몹시 화가 난 기색이었다.

"정령사는 말이지, 되고 싶다고 해서 되는 게 아니야. 그냥 그렇게 태어나는 거지. 날 때부터 정해진 운명 같은 거라고."

"…운명?"

"그래, 비범한 능력을 지닌 만큼 책임감 또한 막중하지."

퀸이 바율을 지그시 응시했다.

"자연계의 조율자. 그건 정령에게만 국한된 것이 아니야. 너와 같은 정령사, 먼 옛날엔 그들에게도 의무가 있었어. 정령을 도와 세상을 이롭게 할 의무가."

'세상을 이롭게 할 의무……?'

의무라는 단어 때문일까. 별안간 가슴이 묵직해진다. 정령을 두렵게만 여기던 바율에게 퀸의 말은 꽤 혼란스러웠다.

의무라는 건 마땅히 해야 할 일, 즉 책임감을 동반하는 것이질 않은가. 그저 엮이고 싶지 않았을 뿐인데, 그것이 의무를 저버리는 행위가 되다니. 그런 사람이 되고 싶지는 않다.

어딘가에 도움이 되는 존재. 할 수만 있다면 바율은 그런 사람이 되고 싶었다. 아버지처럼.

얼마나 지난 걸까. 생각할 시간을 주기라도 하듯 아무도 바율에게 말을 걸지 않았다.

"…어떻게 하면 돼?"

묵묵히 식사 중이던 퀸이 고개를 들어 바율과 눈을 맞췄다.

"정령을 부르는 거 말이야."

"바율, 너……!"

"응, 에이단. 나 한번 해 보려고. 내가 잘할 수 있을지 어떨지 모르겠지만, 시도는 해 볼까 해."

평생 자신을 쓸모없는 인간이라 여기며 살아온 바율이었다. 여전히 두렵고 불안하지만, 자신이 할 수 있다면, 해야만 한다면 해 보고 싶었다. 실패하더라도 말이다.

"잘 생각했다, 바율."

일라이가 환한 미소를 지으며 바율의 결정을 반겼다.

"난 그럴 줄 알았어!"

에이단은 손뼉까지 치며 기뻐했다.

"퀸 덕분이야. 퀸의 말이 좋은 자극이 됐어. 도와준다면 열심히 해 볼게."

"그럼 물가로 가 보자."

"…어?"

퀸의 급작스러운 제안에 다들 어안이 벙벙해졌다.

"물가라니? 거긴 왜?"

"물의 기운이 가장 강력한 곳이니까."

"아!"

"그곳이라면 정령이 나타날 확률이 높을 거야."

바율의 결정만을 기다리기라도 한 듯 퀸이 일어나 앞장섰다.

"야, 퀸! 기다려!"

그는 마치 이런 날이 오기만을 고대한 것 같았다. 식사를 마저 끝내지도 못한 채 셋은 급히 퀸을 따라갔다.

4.

"여기가 어디야?"

물가로 가자던 퀸이 일행을 데려간 곳은 어이없게도 웬

풀숲이었다. 길쭉한 나무들이 빽빽이 솟아 있는, 도시 중심에서 상당히 떨어진 곳이었다.

"내가 사는 곳."

"…네가 사는 곳?"

되묻는 친구들을 뒤로하고 퀸이 수풀 사이로 성큼 걸어 들어갔다. 무성한 나무 탓에 그의 모습이 금세 시야에서 사라지자, 놓칠세라 셋도 부지런히 뒤를 쫓았다.

그리고 잠시 후, 그들은 전부 약속이라도 한 듯 멍하니 앞을 바라봤다.

파라다이스? 지상 낙원? 별천지?

그런 말밖에는 떠오르지 않았다.

푸른 하늘, 쏟아지는 햇살, 구불구불 흐르는 계곡물, 흐드러지게 펼쳐진 야생화 꽃밭. 그 아름다운 풍경의 중앙에 유려한 곡선을 뽐내며 하얀 집 한 채가 놓여 있었다.

크지도, 그렇다고 작지도 않은 비밀스러운 공간. 그 속으로 퀸이 친구들을 안내했다.

"세상에 이런 곳이 숨겨져 있었구나."

"퀸, 주말마다 여기서 지낸 거야?"

"부럽다. 완전 좋겠는데!"

향기로운 꽃과 풀 냄새, 싱그러운 물살, 그곳을 날아다니는 벌과 나비. 정말이지 한 폭의 그림을 보는 것 같았다.

삐욕!

"잉그리드?"

잠잠하기만 하던 에이단의 모자가 들썩인 것은 그때였다. 잠에서 깬 듯 잉그리드가 특유의 귀여운 소리를 내며 모자 밖으로 머리를 빼꼼 내밀었다.

"왜 일어났어? 아직 잘 시간이야, 너."

에이단이 모자를 완전히 치워 주자 잉그리드가 몸통을 세우며 부르르 날개를 털었다. 그 앙증맞은 행동에 바율의 입가에 저절로 미소가 번졌다.

"안녕, 잉그리드. 오랜만이야."

바율을 기억하는지 잉그리드가 고개를 젖히며 '삐욕' 소리를 냈다.

"뭐야? 넌 잉그리드 본 적 있나 보네?"

"응."

바율의 천진한 대답에 일라이의 표정이 심술궂게 변했다.

"와, 에이단. 너 되게 치사하다. 나한테는 절대 안 된다고 하더니 바율에게는 보여 줬어? 대체 언제? 차별이 너무 심한 거 아니냐?"

"차별은 무슨. 그땐 잉그리드가 자는 시간이었잖아."

"이 녀석은 맨날 자던데, 뭐."

"낮에는 보통 그래. 야행성이거든."

에이단이 손을 올리자 잉그리드가 총총 올라탔다.

"그리고 바율도 내가 보여 준 거 아니야. 잉그리드가 지금처럼 제 발로 나온 거지. 그렇지, 잉그리드?"

귀여워 죽겠다는 듯 에이단이 잉그리드의 깃털에 뺨을 비볐다.

"어휴, 좋단다."

일라이가 눈살을 찌푸리며 에이단을 타박하는 찰나, 갑자기 잉그리드가 날개를 확 펼치더니 그대로 훽 날아가 버렸다.

"어? 이, 잉그리드!"

놀란 에이단이 급히 잉그리드를 불렀지만, 안 그래도 작은 녀석인지라 이미 점이 되어 멀어져 갔다.

"저 녀석, 말도 없이 어디 가는 거지?"

"날라고 달린 날개잖아. 좀 돌아보다가 오겠지."

"아니야, 낯선 곳을 무서워한단 말이야. 더구나 지금 같은 대낮엔 잘 보이지도 않을 거라고."

에이단의 얼굴이 불안감으로 물들었다.

"안 되겠어. 쫓아가 봐야지."

말릴 새도 없었다. 에이단이 잉그리드가 사라진 방향을 향해 달리기 시작했다.

"우리도 가 보자."

"응!"

바율도 걱정되기는 마찬가지였다. 일라이와 바율이 거의 동시에 땅을 박차고 뛰었다.

"……."

이 상황이 어이가 없는 건 퀸이 유일했다. 이곳에 온 건 정령을 소환하기 위해서였다. 이제껏 누구에게도 공개하지 않은 곳을 자신이 친히 배려하여 데리고 온 것이다. 밤톨만 한 새의 뒤꽁무니나 쫓기 위해 온 게 아니란 말이다.

"내가 괜한 짓을 한 건가."

그저 다시 한번 눈으로 확인하고 싶었다. 자신이 본 게 진짜 정령인지, 정녕 정령이 다시 나타난 것인지, 퀸이 알고 싶은 건 오로지 그것이었다.

지금은 점점 무더워져 가는 날씨였고, 캐링스턴의 강가나 해변은 언제나 많은 사람으로 북적거린다. 그런 곳에서 정령을 소환할 수는 없지 않은가.

여긴 인어국의 왕자인 퀸과 그의 최측근 수하 몇몇만이 알고 있는 기밀한 곳이었다. 정령의 존재에 눈이 팔려 경솔한 짓을 벌인 것은 아닌지 약간의 후회가 밀려들었다.

"잉그리드! 잉그리드!"

하지만 이미 일은 저질러졌고 후회하기엔 늦었다. 이곳

의 주인은 자신이니 도망간(?) 부엉이를 찾는 것도 그의 몫이리라.

"내가 별짓을 다 하는군."

미간을 잔뜩 찌푸린 채 퀸이 뒤늦게 음성을 쫓아 자리를 이동했다.

"퀸! 길이 끊겼어! 여기 폭포 뒤로도 갈 수가 있나?"

어쩌다 보니 막다른 길목이었다. 가파른 산턱과 가시덩굴, 그리고 높이 2미터 정도의 작은 폭포가 진로를 방해했다. 폭포 아래로는 적당한 깊이의 수영하기 좋은 못이 풍치 좋게 형성되어 있었다.

"아니, 끝이야. 더는 못 가."

"여기로 날아온 거 맞아?"

"어, 분명 이 근처야. 아씨, 어디로 갔지? 잉그리드! 잉그리드!"

행여 잉그리드가 다치기라도 했을까 봐 겁이 나는지 에이단이 초조하게 소리쳤다. 찌르르한 울림이 들린 것은 그때였다.

"에이단, 저기!"

일라이가 제일 먼저 발견했다. 폭포 뒤편에서 물줄기를 뚫고 잉그리드가 힘차게 날아올랐다. 무엇 때문인지는 몰라도 녀석의 기분이 몹시 좋아 보였다. 한 번도 들어 본 적 없는 고음의 소리를 내는가 하면 허공을, 정확히는 못 위를 신이 난 듯 빙글빙글 돌았다.

"…새 친구가 생겼다고?"

잉그리드의 등장에 안도하던 에이단이 고개를 갸웃하며 중얼거렸다.

"친구라니?"

키우는 새라고 그런 것까지 알아듣는단 말인가?

바율은 그저 신기하기만 했다.

"근처에 같은 부엉이라도 발견했나 보지. 저 녀석도 혼자서 외로웠을 거 아냐. 어이쿠, 좋단다, 좋아."

햇볕 쨍쨍한 날에 뜀박질을 얼마나 했던지 온몸이 땀으로 흥건했다. 잉그리드를 밉살스럽게 쳐다보던 일라이가 갑자기 눈을 번뜩이더니 교복을 벗기 시작했다.

"뭐 하냐, 너?"

"너희는 안 더워?"

"…덥네."

잉그리드에 대한 걱정에서 벗어나자 뜨거운 열기가 에이단을 훅 덮쳤다. 이마와 목에서는 이미 땀방울이 흘러내리고 있었다.

"더울 땐 수영이 최고지. 안 그러냐, 퀸?"

퀸에겐 물으나 마나 한 질문이었다. 인어족인 그에게 수

영은 더우나 추우나 생활일 테니까.

"바율, 뭐해. 얼른 벗어."

집시로 자유롭게 살아왔기 때문인지 훤한 대낮에 그것도 야외에서 옷을 벗는 게 일라이는 하나도 어색해 보이지 않았다. 잠시 망설이는 듯했으나 에이단도 어깨를 으쓱이더니 곧 재킷을 벗어 던졌다.

"난 됐어……."

"에이, 빼는 게 어디 있냐? 설마 너 창피해서 그러는 건 아니지?"

"남자끼리 창피는 무슨!"

에이단이 바율의 어깨를 치며 셔츠 단추를 풀었다.

"나중에 후회하지 말고 후딱 벗어. 이런 데서 수영할 일이 언제 또 있겠냐?"

"맞아, 퀸 이 녀석이 또 데리고 온다는 보장은 어디에도 없다고. 퀸! 넌 여기서 주말마다 수영하는 거지?"

퀸은 긍정도 부정도 하지 않았지만, 일라이는 그렇다고 받아들였다.

"오늘은 특별히 우리한테 좀 빌려줘라. 깨끗이 쓰고 돌려줄 테니까. 야, 바율! 얼른 벗으라니까! 너 정말 수영 안 할 거야?"

"그러게. 이 자식 왜 이렇게 꼼지락거려? 너 내가 확 밀어 버린다?"

"아니야! 난 수영 못해서 그래!"

에이단의 겁박에 바율이 화들짝 놀라 외쳤다.

"수영을 못한다고?"

"응, 그러니까 너희만……."

"에이, 수영 좀 못하면 어때! 그냥 시작하는 거지. 안 그래, 라이?"

"그렇지! 원래 다 그렇게 시작하는 거야."

뭔가 낌새가 이상하다. 바율 몰래 음흉한 눈빛을 서로 주고받더니 일라이와 에이단이 동시에 달려들었다. 그러곤 반항할 틈도 없이 못 속으로 바율을 힘껏 밀었다.

"으아학!"

2년 전 그날 이후로 처음이었다. 피부에 차가운 물이 와 닿자 바율은 공포에 사로잡혔다.

아무에게도 말하지 못한 비밀이었다. 열네 살, 쌍둥이 형이었던 바일이 죽은 그날 이후로 바율은 물을 두려워했다. 먹고 씻고 하는 것에는 아무 문제가 없지만, 지금처럼 몸을 담그는 것은 바율로 하여금 떠올리고 싶지 않은 악몽을 떠올리게 했다.

기억조차 못 하는 그날의 끔찍한 사고. 모든 게 바율이 물에 빠지면서 시작된 것이었다. 바로 지금처럼.

'형!'

'괴로워!'

'누가 좀 도와줘!'

간신히 팔과 다리를 휘저어 봤지만, 몸은 생각대로 움직이지 않았다. 어둡고 깊은 물 속으로 자꾸만 빨려 들어갔다.

"좀 이상한데?"

바율을 밀고 깔깔거리며 손바닥을 마주치던 에이단과 일라이의 얼굴이 조금씩 굳어졌다. 허우적거리며 물 밖과 속을 왔다 갔다 하던 바율이 어느 순간 잠잠해지더니 점점 밑으로 가라앉기 시작한 것이다.

"저 녀석 정말 수영 못 하나 본데?"

"딱 봐도 우리 허리 정도밖에는 안 되는 깊이야. 장난치는 거 아닐까?"

"바율! 바닥에 다리가 닿을 거야! 그냥 똑바로 서기만 하면 돼!"

일라이가 소리쳤지만 나아질 리 없었다. 지금의 바율은 어떠한 소리도 들을 수 있는 상태가 아니었다.

"안 되겠어. 내가 가야지."

보다 못한 일라이가 물로 뛰어들려는 순간.

"잠깐만 있어 봐."

여태 조용하던 퀸이 그의 팔목을 잡았다.

"뭐야, 퀸. 이거 놔!"

뿌리치려 했지만 퀸의 악력이 제법 셌다.

"에이단, 너도 기다려!"

퀸이 남은 손으로 에이단까지 막아섰다.

"더 늦으면 위험해! 저러다 큰일 난다고!"

"그래, 퀸! 이 손 얼른 놔!"

"아니, 절대 그럴 일 없어."

퀸의 말투는 이상하리만치 단호했다.

"너 대체 뭘 믿고 이러는 거냐? 미쳤어?"

다급한 마음에 퀸을 때려서라도 벗어나려는 그때였다. 물속으로 가라앉던 바율이 돌연 하늘로 붕 치솟았다.

쏴아아아!

난데없이 거대한 물기둥이 생겨났다. 그리고 그 꼭대기에 바율이 앉아 있었다.

"바, 바율!"

말도 안 되는 장면에 에이단이 새된 비명을 질렀다. 일라이도 몹시 놀란 듯 어버버 말을 잇지 못했다. 웃고 있는 건 퀸이 유일했다.

'뭐, 뭐지? 왜, 내가?'

바율은 작금의 상황을 아예 이해조차 할 수 없었다. 분명 자신은 물에 빠졌다. 그리고 이내 정신을 잃을 듯 아득해졌었다.

그런데 왜 내가 공중에 떠 있는 거지?

그것도 이렇게 멀쩡하게?

옷과 머리가 젖었을 뿐 모든 게 멀쩡했다. 숨이 막혀 목이 끊어질 것 같던 고통도 이제 느껴지지 않았다. 아니, 오히려 몸이 날아갈 것처럼 가볍다.

대체 내게 무슨 일이 일어나고 있는 거야?

갑자기 누군가 말을 건 것은 그때였다.

—안녕?

언젠가 들어 본 적 있는 목소리. 바울의 고개가 획 돌아갔다.

"너, 너는……!"

그 아이였다. 수업 중 나타나 바울을 쓰러지게 만들었던 꼬마 소녀. 그녀가 다시 만나 반갑다는 듯 바울을 보며 씩 웃었다. 허공에 몸을 붕 띄운 채로.

달라진 점이라면 이번엔 바울이 기절하지 않았다는 것이었다. 무섭고 두려웠지만, 그녀에게 묻고 싶은 게 많았다. 바울은 용기를 내 입을 열었다.

"아, 안녕? 반가워."

그녀의 이름은 이노센트.

바율의 첫 계약 정령이자, 훗날 물의 정령왕이 될 여왕의 등장이었다.

〈다음 권에 계속〉